# 바다가 보이는 창

범우 수필선

# 바다가 보이는 창

윤형두

책이 없었다면 하나님도 침묵하였을 것이며,

부처님도 설법을 잃고, 공자님도 가르침을 버렸을 것이다.

책이 있었기에 성경이 있었고,

성경이 있었기에  기독교가 있으며,

불경이 있었기에 불교가 있고,

논어가 있었기에 공자가 오늘날에도 인류에 회자되는 것이다.

책은 그러므로 신神이요, 불佛이요, 인仁이다.


— 본문 중에서

# 윤형두 수필의 진솔함과 깊이

한승헌 | 변호사

## 많은 직함에 가리운 명문들

범우사 창립 50주년에 맞추어 그 설립자인 윤형두 회장(이하 경칭 생략)의 수필선이 나오게 된 것은 매우 자연스럽다. 범우사와 윤형두는 마치 같은 뜻의 고유명사처럼 이해된 지 오래이기 때문이다. 더구나 그는 성공한 출판인의 여기餘技로서 글을 써온 사람이 아니다. 그는 고등학교 때 문예부장을 지낸 문학청년이었고, 지금까지 엄청난 문력文歷을 쌓아 왔다. 그러나 그의 출판인으로서의 비중과 다변다양한 활동 경력이 그의 문명文名을 얼마쯤 가리는 요인이 되기도 했다.

그는 대한출판문화협회 회장, 한국출판학회 회장, 한국

고서연구회 회장, 범우출판문화재단 이사장, 한국출판문화진흥재단 이사장 등 출판 관련 단체의 요직을 두루 맡아서 우리나라의 출판문화의 발전에 크게 이바지해왔다. 뿐만 아니라 그는 출판학의 개척자 역할까지 하면서 대학 강단에 선 교육자였고, 한국산악회 부회장과 애서가산악회 회장이라는 직함이 말해주듯 열정 있는 산악인이기도 했다. 전적典籍과 서지書誌의 수집 연구가로서도 일가를 이루었는가 하면, 후진들을 위한 장학 사업에도 적지 않은 사재를 출연하여 젊은 연구자들을 밀어주고, 범우출판포럼의 산모 역할까지 했다.

### 문학으로서의 수필의 경지를

이처럼 한 개인으로서는 감당하기 벅찬 일들과 왕성한 문필 활동을 병행해왔다는 사실이 그저 놀랍기만 하다.

전 10권으로 된 〈범우 윤형두 문집〉 외에도 《한 출판인의 자화상》 등 긴 세월에 걸친 일기 모음과 여러 체험 기록들이 경탄의 대상이 되고 있다. 그의 문집 중에서 《넓고 넓은 바닷가에》, 《아버지의 산, 어머니의 바다》, 《산사랑, 책사랑, 나라사랑》, 《책의 길 나의 길》 등이 우리가 통념상으로 말하는 수필집 또는 에세이 모음이라 할 수 있다. 아마 이번의 《바다가 보이는 창》도 거기서 뽑은 글들이 많을 것으로 짐작된다.

한마디로 그의 수필은 흔히 말하는 '붓 가는 대로'의 글이 아니라 생각과 표현이 잘 정제된 문학으로서의 수필의 격格을 갖춘 글이라는 사실이 내가 부러워하는 점이다. 저자의 다양한 경험과 독서와 사색이 잘 배접補接된 글 한 편, 한 편에서 우리는 인간 윤형두의 또 다른 세계를 발견하게 된다. 그가 이런저런 문인단체에 이름을 걸고 살아온 것도 그냥 예사롭게 넘길 일이 아니다. 나는 그의 이 수필집이 '문학으로서의 수필'의 경지를 보여주는 글 모음이라는 사실을 자랑스럽게 찬하讚賀하면서, 이런 평가가 사적인 친분에서 나온 덕담 차원의 말씀이 아님을 독자 여러분께서 글 자체로서 확인해주시기를 바라는 것이다.

### 뜨겁고 정직한 고해告解

"나는 문학을 고백이라고 해석한다. 그런 해석이 편협하다고 할지라도 그렇게밖에 풀이할 길이 없다."

일찍이 헤세는 자신의 일기에서 이런 말을 남겼다지만, 문학 중에서도 수필처럼 자기 고백적인 요소가 강한 글은 없을 것이다. 고백의 가치는 진실에 있고 정직성에 있다 할진대, 글과 사람의 합일 여부야말로 고백이 주는 감동을 좌우한다.

윤형두의 수필 속에는 이런 '고백의 정직성'이라는 강점이 언제나 버티고 있다. 수채화처럼 차분하고 겸손한 글이면서도 자석처럼 사람을 끄는 인력을 갖는다. '글은 곧 사람'이라는 말에는 글만 가지고 그 사람을 판단해도 좋을 만큼 우선 정직하게 써야 한다는 약속이 전제되어야 한다.

윤형두는 바로 이러한 요체要諦를 잊지 않고 글을 쓴다. 글을 통한 허세와 위선이 범람하는 세상에서 그만큼 담백한 글을 쓴다는 것은 쉬운 일이 아니다. 여기에는 글재주의 문제가 아니라 윤리성의 문제가 보다 크게 작용한다. 그는 온갖 격랑과 인고忍苦 속에서 한 시대를 보는 안목을 가꾸어 왔으며 그러면서도 거창한 웅변 대신 겸허한 목소리로 일관해 왔다. 이 점이 그의 매력이요 강점이다.

실인즉 윤형두는 오래전부터 문필과의 인연을 맺고 살아왔다. 일찍이 자유당 때 그가 《신세계》라는 종합지의 기자로서 일했다는 것을 기억하는 사람은 많지 않을 것이다. (앞서 말했듯이) 고등학교 시절에 그가 문예부장을 지냈다는 사실을 아는 사람은 더욱이나 많지 않을 듯하다. 그 후 저 유명한 월간 《다리》지의 주간으로 일하면서 그가 옥고를 치른 것만은 널리 알려져 있다. 그가 창립한 '범우사'는 지금까지 반세기의 연륜을 거듭하면서 남의 글을 널리 책으로 펴내면서도, 자신의 이름으로 글을 발표하는 데는 신중과 겸양을 잃지 않았다.

이 수필선에 수록된 글들을 통하여 확인할 수 있듯이, 그는 잡문 냄새를 배제하고 진지하게 글을 쓴다. 이미 여러 곳에 많은 글을 발표하여, 잠재된 역량을 확인받았으며, 그러면서도 그는 문사文士로 자처하기를 사양한다. 자기 이름 곁에 '수필가'

라는 칭호를 넣기보다는 '범우사 대표'라고 표시해 주기를 바란다. 윤형두는 '범우사 대표'라는 출판인으로서의 비중 때문에 수필가로서는 오히려 좀 늦게 그리고 덜 알려지지 않았는가 하는 아쉬움을 준다.

## 《다리》지 사건으로 고난을

인간 윤형두―, 그는 어린 시절부터 처절한 현실과 맞부딪히며 살아온 사람이다. 침략자의 땅 일본에서 초등학교에 들어가 마늘 냄새 때문에 수모를 겪어야 했고, B29의 폭음에 쫓기며 현해탄을 건너와야 했던 상처받은 소년이었다.

고국 땅 남쪽 하늘 밑 돌산突山 바닷가에서 그는 해일海溢 만큼이나 거센 현실의 위험을 체험하였고, 6·25전쟁 후에 무작정 상경한 뒤에는 더욱이나 황량한 세태와 싸워야 했다. 그의 괴로움은 대단했지만 결코 좌절하지는 않았고 또 야합하지도 않았다. 1971년의 '월간 《다리》지 사건'으로 옥고를 치르는 등 갖가지 수난 속에서 그는 오히려 강인한 야인의 모습을 굳혀 나갔던 것이다.

이와 같은 젊은 날의 고난은 훗날 그의 수필 세계에 비옥肥沃한 토질을 마련해 주었다. 산화酸化된 토양에 화학 비료만 써가며 거두어들인 글이 아니라, 자신의 체험과 심장에서 우러난 참글을 쓸 수 있었던 까닭이 여기에 있다.

## 명주를 연상케 하는 선비

그는 콩〔大豆〕과의 기연奇緣을 말하는 수필에서 일제 말엽의 콩깻묵밥, 군대 생활 때의 도레미파탕, 그리고 교도소 식구통의 콩밥 등을 회상하면서 이런 글을 남기고 있다.

……그것들은 실로 나에게서 빼 놓을 수 없는 이력履歷의 메뉴들이며 수난受難의 증거인 것이다.

이제 콩이 어떤 모양으로 변해서 나를 찾아오든 도리어 나는 환대歡待할 생각이다.

액운을 자초하여 액풀이를 한다는 미신 같은 생각에서라기보다는 또 하나의 수난을 감내堪耐하기 위하여 나는 오늘도 순두부 백반으로 한 끼의 점심을 때우는 것이다. ─ 〈콩과 액운〉에서

그는 자기 앞에 밀어닥치는 상황을 피하지 않고, 도리어 이와 맞서고 극복하면서 기어코 자신을 견지하겠다는 생각으로 살아가고 있다. 그렇다고 야성적인 의지를 거칠게 드러내는 일은 없고, 오히려 그는 온유한 자세로서 경직을 우회할 줄 아는 성품이다. 부드러우면서도 질기다는 점에서 마치 명주明紬를 연상케 하는 바가 있다. 이 점은 그의 글에도 숨김없이 그대로 나타나 있다.

## '줄 끊어진 연이 되고 싶은 그의 자유혼

윤형두의 수필은 회상을 축軸으로 삼아 쓰여지는 경우가 많다. 지난날을 반추反芻하는 회상의 자세는 다분히 섬세하고 정겨스러워 여성적인 잔잔함을 느끼게도 하는데, 글의 종착이 가까워지면 강렬한 열망이 배접되면서 어느새 남성다운 획劃으로 화하는 것이다.

회상이란 것은 자칫하면 감상과 사촌 간쯤으로 주저앉기 쉬운 법인데도, 그의 수필에서는 오히려 현실을 보다 강렬히 투사하고, 그 속의 자신을 관조하는 촉매로써 회상을 불러내고 있다. 그가 즐겨하는 '과거로의 여행'은 언제나 귀로의 '보따리'를 가벼운 상태로 놔두지 않는다.

그런데도, 출발할 때는 당의정糖衣錠 같은 미문美文으로 동승자(독자)를 매혹시킨다.

줄 끊어진 연이 되고 싶다.

구봉산九鳳山 너머에서 불어오는 하늬바람을 타고 높이높이 날다 줄이 끊어진 연이 되고 싶다. 꼬리를 길게 늘어뜨린 채 갈뫼봉 너머로 날아가 버린 가오리연이 되고 싶다.

바다의 해심海深을 헤엄쳐 가는 가오리처럼 현해탄을 지나, 검푸른 파도가 끝없이 펼쳐져 있는 태평양 창공을 날아가는 연이 되고 싶다.

장군도將軍島의 썰물에 밀려 아기섬 쪽으로 밀려가는 쪽배에

그림자를 늘어뜨리며 서서히 하늘 위로 흘러가는 연이 되고
싶다. ― 〈연鳶처럼〉에서

## 정서 속에 숨어 있는 고단위 처방

이렇게 낭만적인 듯이 출발한 그의 '회상 여행'은 어떤
모습으로 귀환하는가.

마음이 만들어 버린 속박, 눈으론 느낄 수 없는 질시와 모
멸, 예기치 못했던 이별이 나를 엄습할 때면, 나는 줄 끊어진
연이 되어 훨훨 하늘 여행이 하고파진다.
그 옛날 그 하늘에 아스라이 사라지던 연처럼…….
그러나 나에겐 이제 가오리연을 띄울 푸른 보리밭도, 연실을
훔쳐 낼 어머니의 반짇고리도 없다. ― 〈연鳶처럼〉에서

결국은 문명이라는 이름 아래 소중한 제 모습을 잃어버
린 오늘 이 시대의 증세를 가차 없이 경고하고 나선다.

한 바가지 푹 퍼 마시고 싶은 바다. 파래가 나풀거리는 밑창
에는 깨끗한 자갈이 깔려 있다. 파도가 일면 수많은 포말이 밀
려갔다 밀려온다. ― 〈병든 바다〉에서

이 글도 마침내는 '기름 덮인 해면 위에 모이를 찾아드

는 한 마리의 갈매기마저도 보이지 않는 바다'를 안타까워하고서,

넓고 푸른 꿈을 키워주던 바다. 너와 내가 뒹굴던 바다. 한없이 너그럽게 포용해주던 바다. 그렇게도 티없이 순수하던 바다. 이제 그 바다는 예전의 바다가 아니다. 모든 것을 빼앗겨버린 황량한 벌판. 그러나 나는 그 요람搖籃의 바다를 영원히 버릴 수는 없을 것이다. — 〈병든 바다〉에서

녹슬어 가는 세속世俗을 두고도 반성과 비평을 주저하고 살아가는 우리들에게는 그의 글 첫머리를 장식하는 정서라는 캡슐 속에 실인즉 효능 높은 처방약이 담겨져 있음을 뒤늦게서야 알게 된다. 그의 투약은 설교 냄새가 없어서 한층 긴 여운을 남긴다.

## 사적인 회고 이상의 문학적 자원들

무릇 정신이나 의식이란 것은 수필을 수필답게 하는 요소의 하나임에 틀림없지만, 그것만으로는 부족하다. 문학의 한 형식으로서의 수필다운 표현력이 또한 중요하다. 윤형두는 바로 이 점에서도 우리를 안심시켜 주고 있다.

문학적인 표현이 결여된 글은 논설이나 잡문이 될 수밖에 없다는 상식을 되새겨 볼 때, 그의 수필은 문학적인 필

치를 잘 살리고 있다는 점에서도 독자의 마음을 사기에 충분하다.

앞에서 인용한 〈병든 바다〉의 첫머리에서 이미 우리는 이 점을 확인할 기회를 가졌지만, 한둘의 예문을 더 들어보자.

나는 이 배 위에서 노을을 본다. 바다는 고요히 불붙기 시작하고 그 붉은 빛깔은 바다 깊숙이 침잠沈潛한다. ─ 〈시월의 바다〉에서

넓적한 예상표와 천 원짜리의 종합권에서 백 원짜리의 보통 마권에 이르기까지 그 많은 지폐의 잔해들이 뒹굴기 시작한다. 이 많은 종이의 휘날림 속에서 많은 사람들의 인생을 읽는다. ─ 〈경마〉에서

마치 한 편의 단편소설을 대하는 듯한 느낌을 주면서도 미문이 범하기 쉬운 공소空疎에 빠지지 않는 견실함을 보여 준다.

윤형두의 회상에서는 바다와 어머니가 해류海流처럼 흘러가고 있다. 생각하면 그것들은 우리 모두의 모태이자 고향이다. 그러기에 그의 글은 사적인 회고 이상의 의미를 지닌다.

바다에 관한 글은 이미 예문으로 인용된 데에서도 그 단면이 드러나 있으니까 부연하지 않거니와, 그가 어머니를 두고서 밝힌 사모思母의 글들은 세대의 차가 어쩌고 하는 요즘 사람들에게 많은 가책을 자생自生시키기에 충분하다.

### 글에 배어 있는 위악적僞惡的인 겸허도

그의 어머님에 대한 효성은 생전뿐 아니라 타계하신 뒤에도 매우 뜨겁고 진하다. 나는 그가 요즈음도 쉬는 날이면 혼자서 자주 신세계공원묘지의 어머님 묘소를 다녀오곤 하는 것을 알고 있다. 그러기에 어머니를 향한 그의 마음이 저절로 글이 되고 있음을 눈여겨보며 삶과 글이 아울러 진지하고 거짓 없음에 우정 이상의 경의를 보내는 것이다.

그의 글에서 '좀 정직하지 못한' 대목이 전혀 없는 것은 아니다. 그 예를 하나 옮겨 본다.

나는 번뇌와 욕심이 없는 무구삼매無垢三昧의 어린 시절을 잃어버리고 위선과 가면의 무도장 같은 현세에 영합하며 무기력하게 어영부영 살아왔다. ─ 〈서리꾼 시절〉에서

그러나 내가 알기에 그는 현세에 영합하거나 무기력하게 살아왔다기보다는 그 반대의 길을 걷다가 고생을 사서

한 사람이다. 앞서 언급한 《다리》지 사건 이외에도 그는 60년대 초반부터 출판계에 투신한 뒤, 남이 출판하기를 주저하는 책들을 간행한 것이 화근이 되어 물物·심心·신身 3면으로 곤욕과 피해를 입은 적이 한두 번이 아니다. 입으로는 '업자'를 자처하면서도 외로운 시도를 버리지 못함이 그의 성품이다.

　한 세대를 화려하게 풍미하지는 못할망정, 비록 백두白頭나마 역사 앞에 떳떳하게 살고 싶은 것이 내 작은 소망이고, 그 소망이 욕심으로 넘치는 일이 없도록 자신을 꾸준히 지키는 것이 오늘의 내가 해야 할 일이란 생각이 더욱 강렬해짐은 어인 일일까. ― 〈가문〉에서

### 양심을 지키기 위한 괴로움과 다짐

그는 의로운 인간이면 지녀야 할 '최소한의 양심'을 고수하기 위하여 남들이 외면하는 괴로움을 경험하고, 스스로의 다짐을 글로써 선언하고 있는 것이다. 그의 머릿속에 자리 잡은 비판정신은 항용 그냥 넘어갈 법한 일에도 지나치지를 못하고, 심지어는 자기 조상에 대해서도 예외를 두지 않을 정도이다. 그의 선조 한 분이 구한말에 감찰 겸 병조참의의 벼슬을 하였다는 기록을 대하고도 그는 조상 자랑을 내세우는 대신, 이렇게 아쉬워한다.

한말韓末의 매관매직이 심하던 때 혹시 논밭을 팔아서 벼슬을 사신 것이나 아닐까 하는 의혹에 미치면 가승家乘을 만들고 싶은 의욕이 삽시간에 사라진다.

국운이 기울고 나라를 빼앗기는 어려운 상황에 처해 차라리 조부님이 일개 무명의 의병이라도 되어, ……〈복수가〉를 목청껏 불러대는 항일抗日 투사이기라도 하셨다면 얼마나 자랑스러우리. ─ 〈가문〉에서

나라가 기우는 때에 고관대작을 누리기보다는 의병이 되어 주었더라면 하고 선조를 아쉬워함은 확실히 이례적인 생각이다. 의義의 저울로서 사람을 평가하는 마당에 이미 30여 년 전에 작고하신 조부님까지도 '특례'의 대상으로 모시지를 않는다.

……내 딴엔 착한 일을 하였다고 한 다음의 뒷맛은 어쩐지 위선僞善을 한 것 같은 어색함이 입안을 씁쓰름하게 하여 준다. ─ 〈서리꾼 시절〉에서

통속적인 관념을 벗어나려는 그의 이 같은 고백은 자기 엄폐에 열중하는 우리 인간에게 겸허한 자기 성찰을 암시해 준다.

인간 윤형두는 바로 그러한 삶의 자세 때문에 손해도

많이 입었다. 하지만 그 '손해'의 의미를 세속의 저울로 간단히 셈하는 것은 성급하다. 생의 참된 결산은 훗날에 이루어지는 법. '여기 인간답게 살다 간 한 무덤이 있다'라는 비명碑銘을 스스로 희망하면서 '오늘 죽어도 후회 없는 삶'을 기약하는 그의 다짐을 우리는 신뢰해도 좋을 것이다.

어느 모로 보나 이 책은 단순한 수상집을 넘어서, 독자 앞에 드리는 그의 고해告解요, 정직한 각서라고 믿기 때문이다.

차례

# 연鳶처럼

줄 끊어진 연이 되고 싶다.

구봉산九鳳山 너머에서 불어오는 하늬바람을 타고 높이 높이 날다 줄이 끊어진 연이 되고 싶다. 꼬리를 길게 늘어 뜨린 채 갈뫼봉 너머로 날아가 버린 가오리연이 되고 싶다.

바다의 해심海深을 헤엄쳐 가는 가오리처럼 현해탄을 지 나, 검푸른 파도가 끝없이 펼쳐져 있는 태평양 창공을 날 아가는 연이 되고 싶다.

장군도將軍島의 썰물에 밀려 아기섬 쪽으로 밀려가는 쪽 배에 그림자를 늘어뜨리며 서서히 하늘 위로 흘러가는 연 이 되고 싶다.

나는 소년 시절에 연을 즐겨 띄웠다. 바닷바람이 휘몰 아쳐 오는 갯가의 공터와 모래사장과 파란 보리밭 위에서 연 퇴김과 연싸움을 즐겼다.

맞바람을 타고 곧장 하늘로 날아올랐다가 연줄을 퇴기면 연머리는 대지를 향하여 독수리처럼 세차게 내려오다간, 땅에 닿기 직전에 연줄을 풀어주면 다시 연머리는 하늘로 향한다. 그럴 때 연줄을 잡아당기면 또 연은 창공을 향하여 쏜살같이 치솟는다.

퇴김 중의 절묘絶妙함은 바다 위에서 가오리연의 하얀 종이 꼬리가 물을 차고 달아나는 제비처럼 해표海表를 슬쩍 건드리곤 물방울을 떨어뜨리며 끄덕끄덕 힘겹게 올라가는 가슴조임에서 맛볼 수 있다.

연싸움은 동갑나기 K군과 심하게 하였다. K군의 연은 그의 아버지가 만들어 준 견고하고 큰 장방형長方形의 십자十字살을 붙인 왕연王鳶이었고, 나의 연은 가오리를 닮은 볼품없는 것이었다. 그러나 그 연을 만들기 위해서 뒷마을 대밭에서 대를 얻어다 빠개고 괭이를 친 다음, 몇 번이고 무릎 위에 놓고 칼날로 훑는다. 등살과 장살을 곱고 매끈하게 다듬은 다음, 등살은 촛불이나 숯불로 휜 후 연체鳶體에 참종이鮮紙를 바르고 양옆과 가운데에 꼬리를 단다.

K군의 연줄은 고기잡이에 쓰는 질긴 주낙줄에다 유리가루와 사기가루를 민어民魚 부레풀에 섞어 발라서 날을 세운 것이고, 나의 것은 어머니의 반짇고리에서 몰래 가져온 무명실, 그것도 군데군데 이음 매듭이 있는 것이다.

26

연실을 감는 얼레도 회전이 빠르고 묘기를 부리기 쉬운 6각이나 8각 얼레를 가진 K군에 비해 나의 것은 고작해야 조선소造船所에서 주워온 막대기를 사다리 모양으로 못질한 2각 얼레에 불과했다.

왕연은 문풍지 소리를 내며 얼레에서 풀리는 은빛 연줄을 타고 하늘로 늠름히 오르는데, 가오리연은 광대춤을 추듯 양날개를 번갈아 치켜들며 서서히 오른다.

가오리연의 가장 긴 꼬리가 뒷동산 대밭에 닿을 때쯤이면 왕연은 하느작거리는 나의 연을 기습하기 시작한다.

한두 번의 퇴김으로 연줄이 얽히고 얼레가 감겼다 풀렸다 하는 소리가 몇 번 나면 가오리연은 하늘로 우뚝 솟구쳤다간 백학白鶴처럼 멀리 사라져 간다.

짧은 겨울 해의 잔광殘光을 받으며 미지의 세계로 떠나가 버린 연을 생각하며, 허공에서 서서히 땅을 향해 하늘거리며 내려오는 연실을 감는다.

바닷가 집으로 돌아오는 길옆 선창엔 범선帆船의 돛대만이 잔물결에 흔들리고 죽음과 같은 고요와 어둠이 밀물처럼 밀려온다. 해변에 진남색의 어둠이 깔리면, 붉은 불을 켠 아버지의 혼백魂魄이 집에서 뒷솔밭으로 가오리연처럼 사라지더란 마을 사람들의 말이 떠올라 나를 더욱 우울하게 만들었다.

희미하게 꺼져 가는 노을을 받으며 사라져 간 연, 그것은 나의 무한한 동경의 꿈이었다. 아버지를 잃은 고독과 설움을 잊을 수 있고, 가난 때문에 받은 천대와 수모를 겪지 않아도 될 그런 세계로 날아갈 수 있는 연이 되고 싶었다.

그로부터 30년이 지난 요즘 나는 조롱鳥籠 속에 갇힌 자신을 발견하기도 하고, 능력의 한계를 느끼고 자학의 술잔을 기울이기도 한다. 어릴 때의 고독과 수모, 그 무엇 하나도 털어 버리지 못한 채 더 많은 번민 속에서 살아간다.

마음이 만들어 버린 속박, 눈으론 느낄 수 없는 질시와 모멸, 예기치 못했던 이별이 나를 엄습할 때면, 나는 줄 끊어진 연이 되어 훨훨 하늘 여행이 하고파진다.

그 옛날 그 하늘에 아스라이 사라지던 연처럼…….

그러나 나에겐 이제 가오리연을 띄울 푸른 보리밭도, 연실을 훔쳐낼 어머니의 반짇고리도 없다. 다만 K군만이 2,3일 후면 돌아올 음력 설날에 띄울 막내아들의 연살을 다듬으면서 혹 나를 생각해주려는지……. 1977

# 콩과 액운

콩의 뿌리엔 뿌리혹박테리아라는 것이 있어서 공기 중의 질소를 빨아들여 암모니아염을 생산, 흰자질을 합성한다. 이것이 다른 식물과 크게 다른 점의 하나일 것이다.

콩을 재배하게 되면 땅이 비옥해진다. 그러므로 다른 식물의 연작連作으로 인해 생기는 땅의 박토화薄土化를 막을 수 있다. 다른 작물作物을 심고 나서 다음 해에 심는 것은 그 같은 이유에서다. 콩의 뿌리에 있는 뿌리혹박테리아가 땅에 그대로 남기 때문이다.

콩에는 또한 단백질이 많은데, 단백질은 동식물 세포의 원형질原形質의 주성분으로 생명의 기본적 구성물질이며 인체를 형성하는 데 그 비중은 거의 절대적인 것이다. 그러므로 콩과 인간의 관계는 불가분의 관계로서, 인간생활에 있어서 없어서는 안 되는 식물이며 또 타식물에 피해를 주지 않는다 하여 은혜로운 식물로 일컬어지고 있다.

이 은혜로운 콩이 나에게는 마냥 액운을 수반하는 상수常數로서 어떤 함수관계函數關係로 이어져 왔으니 생각하면 묘한 아이러니가 아닐 수 없다.

해방되기 한 해 전, 열 살 때의 일이다. 그러니까 1944년 4월, 제2차 세계대전이 막바지에 달할 무렵, 아버지의 병세가 악화되어 죽어도 고향땅에 묻히시겠다는 완고한 고집 때문에 우리 가족은 항시 그리던 모국으로 돌아왔다.

어린 마음에도 "조센징 닌니쿠 쿠사이(조선놈은 마늘 냄새가 독하다)"라고 그렇게도 경멸받던 일본 땅을 버리고 내 조국, 내 고향으로 간다는 것이 그렇게 기쁠 수가 없었다.

찾아간 고향의 큰댁, 반겨주는 조부모님과 백부모님, 그러나 그곳에서 나는 생후 처음 "먹지 않으면 죽는다"는 것을 실감하게 되었다.

아침저녁으로 나오는 콩깻묵밥, 농사를 지어 놓은 쌀과 보리는 모두 왜놈들에게 강제로 공출당하고 소나무 껍질 안에 있는 하얀 속껍질을 벗겨 와 조나 수수를 조금 섞어서 지은 송기밥, 쑥에다 잡곡을 섞어서 지은 쑥밥, 그 중에서도 영양가가 있다고 콩기름을 짜고 내버린, 지금은 가축의 사료飼料로도 쓰지 않고 거름으로 쓰는 콩깻묵에다 잡곡을 섞어 지은 콩깻묵밥을 나는 몇 달인가 먹으면서 몇 번이나 밥숟갈을 멈추고 눈물을 흘렸는지 모른다.

자유당 말기 어느 날, 공군에 지원하기 위하여 공군병원의 영관급 되는 분에게 추천을 받으려고 노량진역에서 기차를 타려다가 불심검문을 당하였다. 병역 기피자라는 것이다. 마구잡이로 인원수만 채우려는 그들에게 조회照會를 해달라는 등 순리에 맞는 설득과 요구가 통할 리 없다.

　노량진 역전 파출소, 영등포경찰서를 경유하여 집결지인 수송초등학교에 집합이 되었다. 그곳에서 나는 병사구사령부에서 나온 심사관에 의해 병역기피자가 아니라는 것이 확인되었으나, 아는 친구들도 있고 육군이 타군보다 단기복무이며 또 내친걸음이니 가자 하고 지원해 버렸다.

　화물차에 시달리며 첫 번째 닿은 곳이 논산 수용연대, 거기서부터 나는 복무생활을 마칠 때까지 머리는 작고 발은 20센티미터가 넘는 '도레미파탕'을 타의에 의하여 식탁의 고정메뉴로 정하고 말았다.

　이유 없는 멸시, 반항할 수 없는 기합, 염치없는 요구, 그 혼란의 합주合奏 속에서 콩나물국의 도레미파탕은 음계音階와도 같은 것이었다.


　또 하나 콩과의 기연奇緣인 식구통食口通의 콩밥. 나는 지난해 늦겨울에 월간 《다리》지 필화사건으로 어두운 밤에 서대문 국립호텔(?)의 철창신세가 되었다.

　아홉 자 높은 천장에 매달려 있는 15촉짜리 불빛에 비친 사방 벽에는 무수한 달력들이 그려져 있었다. 죄수들이 출옥의 날을 기다리며 손톱이나 나무젓가락으로 그려놓은 혈흔血痕인 것이다. 그 사이사이로 복수에 찬 글귀와 사랑의 시가 쓰여져 있는가 하면, 유독 "유전무죄有錢無罪, 무전유죄無錢有罪"라는 구절이 희미한 불빛에 돋보였다.

얼마 후 나팔소리가 들려왔다. 외기러기 단장斷腸의 애소哀訴 같은 아침 나팔소리의 여운은 나로 하여금 먼 옛날을 회상케 하여주었다. 아직 칠흑 같은 밤인데도 기상 나팔소리가 들리자, 교도관의 점검이 있고 이어 사방 20센티미터의 식구통이 열리면서 콩밥 한 그릇이 들어왔다.

나는 이 콩밥을 날이 갈수록 친숙도親熟度를 더해가면서 100여 일간이나 먹었다. 그 회한 많은 지난날을 되씹듯이.

이렇게 보면 내게 있어서 콩은 은혜의 식물이라기보다는 액운과 너무나 깊은 상관관계를 맺어온 식물인 셈이다. 액운을 뿌리혹박테리아가 새로운 고통의 암모니아염으로 바꾸어 두었다가 내게로 전하는 것 같다. 그렇다고 나는 콩깻묵으로부터 인연을 맺어온 콩을 이제 와서 버리고 피할 생각은 추호도 없다.

콩깻묵밥과 도레미파탕, 식구통의 콩밥, 그것들은 실로 나에게서 빼 놓을 수 없는 이력履歷의 메뉴들이며 수난受難의 증거인 것이다.

이제 콩이 어떤 모양으로 변해서 나를 찾아오든 도리어 나는 환대歡待할 생각이다.

액운을 자초하여 액풀이를 한다는 미신 같은 생각에서라기보다는 또 하나의 수난을 감내堪耐하기 위하여 나는 오늘도 순두부 백반으로 한 끼의 점심을 때우고 있다.

1972

# 월출산月出山 천황봉

산에 오른다. 아직 어둠이 가시기 전이다. 사월 첫 주의 꽃샘바람이 시샘이라도 하듯 강하고 차다. 월출산 장군봉에 그믐달이 쪽배처럼 걸려있다. 달 뜨는 산〔月出山〕에 달 지는 봉〔月沒峰〕이 하나쯤 있을 법한데 그런 산봉우리는 없다.

한 발짝 한 발짝 산길을 따라 위로 발을 옮긴다. 냉기가 옷깃에 와 닿는다. 푸른 하늘이 바위산 사이로 얼굴을 비춘다. 그 푸름의 가장자리에 닿기라도 할 듯 발걸음을 재빨리 옮긴다.

요염한 여인의 몸 냄새가 풍긴다. 코끝을 세우고 곁눈질을 해보니 동백꽃이 화사하게 피었다. 신우대 사이로 바람이 일고 그 바람에 동백 향이 일렁거려 온통 산을 뒤덮었다. 진달래도 어울렸다. 연분홍색의 진달래와 붉은 동백 그리고 푸른 주목나무가 겹겹이 산자락에 쌓였다. 얼마쯤 갔을까, 안내판 너머로 작은 절이 하나 나타난다. 천황사天皇寺란 이름이 어울리지 않게 아주 작은 사찰이다.

대웅전 앞에 서서 합장을 했다. 불심佛心이라기보다 무념無念이다. 산등성이에 올라 산 아래를 굽어보니 호수에 햇살이 출렁인다. 제법 높이 올라왔다. 가파른 오름길에 철제 사다리가 놓여있다. 난간 철제 손잡이에 손을 댄다. 자연의 산뜻함과 온화함이 가시고 문명의 냉엄하고 섬칫한 한기寒氣가 느껴진다. 등산로 표시의 붉고 푸르고 노란 리본이 펄렁인다. 어릴 때 동네 뒤켠에 있었던 무당집에 늘어져있던 천 조각을 본 것처럼 을씨년스럽게 소름이 돋는다. 솟은 바위 위에 쉬고 있는 등산객을 만났다. 말을 걸었다. 서울에서 밤 12시에 우등버스를 타고 왔다는 말만을 남기고 갈대에 스쳐 가는 바람처럼 앞 달려간다.

월출산의 명소라는 구름다리에 닿았다. 고소공포증 때문에 동행을 마다하고 계곡길로 등반하고 있는 친구가 생각났다. 그는 지금 어디쯤 갔을까. 항시 매사에 앞 달렸던 친구니 산행길도 앞섰겠지 하고 마음을 놓았다. 천길 낭떠러지에 쇠줄로 엮어 놓은 다리가 절묘하다. 거센 산바람 때문에 흔들림이 심하다. 하늘에 떠있는 것 같은 몸 가벼움이 느껴진다. 푸른 하늘에 맞닿을 것 같은 기분이다.

다리를 내려서자 또 철제 난간을 잡고 80도가 넘는 가파른 경사를 오른다. 산을 오른다기보다 사다리를 기어오르고 있는 것이다. 얼마쯤 바윗길과 사다리를 번갈아 올라가니 산등성이에 다다랐다. 눈앞에는 기봉奇峰과 기봉 사이로 빠끔한 푸른 하늘이 보였다. 사방을 둘러봐도 사람이 없다. 무인無人의 선경仙境에서 무엄하게 하늘을 향해 소피를 보았다. 그렇게 시원할 수가 없다.

몸이 더욱 가뿐해지는 것 같다. 푸른 하늘벽에 닿을 것 같은 마음이며 흰 구름도 손에 잡힐 것 같은 기분이다. 한 줌 구름을 손아귀에 넣고 조이면 푸른빛 물이 짜일 것만 같다. 먼 시야에 황토 흙이 보인다. 무지한 인간들이 자연을 망가뜨리고 있는 현장이다. 이 좋은 산과 들과 강을 인위적으로 파괴하고 잔디를 심고 가꾸어, 놀 곳을 만들어야 하는지 모를 일이다.

월출산의 정상인 천황봉이 이마 위에 놓였다. 10여 분 안팎이면 내 발 아래 천황봉이 엎드린다. 기암괴석으로 천의 얼굴을 가졌다는 소小금강, 그동안 얼마나 오르고 싶었던 산이며 봉이었던가. 그러나 고독이 몰려온다. 아무도 없어서가 아니라, 정복했다는 쾌감보다는 올라야겠다는 대상이 하나 줄었기 때문이다. 발걸음이 무척 무거워진다. 거센 바람 속에 박수소리가 들려온다. 계곡길을 타고 올랐던 일행들이 먼저 도착해 있었다. 이곳이 해발 808미터 월출산 꼭대기다. 장군봉, 사자봉, 구정봉, 향로봉 모두가 발 아래 있다. 그러나 나는 세상사 밑에 있다. 옹졸하리만큼

범사凡事에 짓눌리며 살아왔다. 도갑사로 가는 긴 하산길을 걷는다. 갈대밭에서 산바람이 인다. 산새 한 마리가 바람 따라 북쪽으로 간다. 벌써 남풍이 불어오는 모양이다.

봄맞이도 이제 끝났구나. 이달이 지나면 푸름이 산을 덮고 월출산 위에 음력 3월 보름의 휘영청 밝은 달이 구비마다 차겠구나. 1995

# 만절晩節

50대 중반에 들어서면서부터 지난 일을 회상하는 일이 잦아졌다. 2,3년 전까지만 해도 뒤돌아볼 틈도 없이 앞으로 닥쳐올 일만을 염두에 두고 계획을 짜거나 그 계획을 실행하기 위하여 부지런히 일해 왔다.

그런데 옛일을 생각할 때면 편하고 여유 있었을 때의 일이나 그때 만났던 사람들보다는, 어렵고 고생스러웠을 때나 그때 사귀던 사람들이 먼저 떠오른다.

나는 6·25전쟁이 휴전될 무렵에 서울로 왔다. 그때 나의 처지란 상거지나 진배없었다. 당시 나는 나와 거의 비슷한 처지에 있는 여러 친구들을 사귀게 되었다.

깨어진 벽돌 조각들만이 무질서하게 널려 있던 폐허의 명동이나 진고개 마루턱에 전쟁의 상처를 가득 안은 채, 다행히 납작한 단층집 한두 채가 남아 있었다. 그 집들이 당시 우리가 만남의 장소로 삼던 다방이요 술집이었다. 찻

값이 없으면 종업원의 눈총을 맞으며 하염없이 앉았다가 혹 몇 푼이나마 가진 친구가 나타나면 커피 한 잔씩을 얻어 마시고 자리를 떴다.

다방 앞에는 '까치담배'를 파는 상인이 있었다. 그들과는 으레 하루에 한두 번의 거래가 행해졌는데, 그들은 전 찻삯이 없으면 변통을 해주기도 했다.

어둠이 폐허의 서울에 깔리면 술집을 찾았다. 누구 주머니에 돈이 얼마나 있고 누가 술값을 치를 것인가 하는 셈이나 약속도 없이 우리는 술을 마셨다. 구수한 빈대떡 안주에 원조물자 밀가루로 빚은 막걸리 한두 잔으로 거나해지면, 자유당 독재정권 타도로부터 휴머니즘과 프래그머티즘 논쟁 등 얄팍한 지식들이 총동원되었다. 그러다 통행금지 시간이 임박해지면 어디론가 뿔뿔이 흩어졌다.

그 시절에 사귀었던 친구 중에서 지금은 문인으로 널리 알려진 소설가 정을병 형과, 17년 동안 옥고 등으로 숱한 고생을 했지만 정치가로서 앞날이 기대되는 김상현 형과 함께 지내던 일들이 요즘 자주 떠오른다.

그들도 그 당시 잠잘 곳도 먹을 것도 변변치 않은 따라지신세들이었지만, 나처럼 소심하게 끼니 걱정을 하거나 잠자리 걱정을 하지 않는, 배포 큰 사내들이었다.

1956,7년경이었으리라. 대학 동창인 서산 친구 유원균 형이 고향에서 한 달 하숙비를 타오면 그 돈으로 나의 식

생활까지 해결하기 위해 둘은 영등포 신길동에서 자취를 했다. 그때 나는 밥도 짓고 방도 치우는 등 온갖 허드렛일을 했다. 김 형과 정 형은 수시로 나타나서 다 차려논 밥상을 태연히 먹어치우거나 밥이 없으면 투정까지 부렸다. 그 중 김 형은 정치하는 선배들과 밤늦게까지 어울리다 고주망태가 되어, 영락없이 통행금지에 걸려 파출소 신세를 지고 있겠지 할 때 육자배기 한 곡조 멋들어지게 뽑으며 용하게 대문을 찾아 들었다.

그 후 우리는 군대를 갔다 오고 정 형은 5·16군사정변 후 국토건설단에 갔다 오는 등 바쁘게 세월을 보냈다. 그동안 정 형은 월간 《현대문학》에서 소설로 추천을 완료한 후 다작에 문제작가로 인정을 받았다. 그리고 김 형은 서대문에서 연소 국회의원으로 당선된 후 연거푸 3선을 하였다.

하지만 신神은 그들에게 행운만을 주지는 않았다. 제3공화국 정권이 10월 유신이라는 명분으로 계엄령을 선포하자마자 김 형은 형무소 신세를 지게 되고 정치정화법인가 하는 것에 묶이더니 연달아 내란음모사건에 말려 17년 동안 정치활동을 하지 못했다. 또 무슨 운명인지, 기독교 집안에 태어나 공산당이라면 고개마저 우로 돌리던 정 형도 《한양》지 사건 때 문인간첩으로 몰려 서대문형무소 생활을 했다.

나는 김 형이 있었던 서대문구치소, 안양교도소와 출소할 당시 있었던 경주교도소를 찾아다니며 항시 그가 무고하기를 빌었다. 그리고 정 형이 재판을 받는 날이면 누구보다 먼저 서소문 대법원 서쪽 담 옆에 있는 비둘기장 문 앞으로 나가 그의 얼굴을 기다렸다.

그 숱한 역경을 치르고도 의지를 굽히지 않고 인생을 열심히 살아온 만큼, 이제 그들은 사회적으로 존경을 받고 있다. 그러나 본시 인간은 불안한 존재다. 그들이 너무 급히 또 너무 초조하게 또 너무 많은 것을 성취하기 위해 무리를 하지나 않을까 걱정이 된다.

지금 우리는 이제까지 걸어온 길보다는 앞으로 걸어갈 짧은 길을 남겨 두고 있다. 인생에 있어 과정보다는 결과가 중요하다는 말들을 한다. 그러나 현실을 살아가는 우리들의 주변에는 온갖 유혹과 함정이 무수히 도사리고 있다. 특히 정치인이나 예술인이 지조와 절개를 지키며 살아가기란 무척 어렵다.

서구적인 실리추구의 사상이 들어오기 전까지만 해도 우리 선조들은 지조를 생명으로 여기며 살아왔다. 고려와 조선조 천 년의 역사 속에서는 숱한 선비와 의사들이 충절을 지키기 위해 목숨을 바쳤다. 또 일제 36년 동안에도 많은 독립투사들이 나라를 찾기 위해 목숨을 걸고 지조를 지켰다.

그러나 해방 후 40여 년을 돌아볼 때 온 국민의 숭앙을 받는 정치인이나 예술가가 적다는 것은 그 많은 인재들이 현실에 영합하거나 불의에 타협했음을 여실히 보여 준다고 하겠다. 그 중에서도 가장 안타까운 것은 중년까지 잘 지켜 오던 지조와 절개를 말년에 가서 굽혀 버리는 사람들이 너무도 많다는 사실이다.

늙어서 노욕老慾을 버리고 만절晩節을 지키는 것은 무척이나 어렵다지만 도연명의 〈귀거래사歸去來辭〉 한 구절쯤 읽어 보면 그다지 어렵지만도 않을 듯한데, 어째서 탐욕을 버리고 분수를 지키는 선비들은 줄어만 가는지.

천지에 몸담았으되 다시 얼마나 살 것인가
그 어찌 본심 따라 분수대로 살지 않으리
무엇을 위해 허겁지겁하다 어디로 간단 말인가
부귀는 내 소망이 아니요
천국은 내가 바랄 수 없는 곳
이제 주어진 운명만을 즐기는데
다시 무엇을 의심하랴,

우리는 그 어려운 상황 속에서도 남다른 우정을 나누며 30여 년간 고락을 같이해 왔다. 이제 남은 것은 노추老醜를 버리고 만절晩節을 지키는 일이다. 김 형이 태어난 장성도 좋고 정 형이 자라난 남해도 좋고 내 고향 돌산도 좋다. '인생칠십고래희人生七十古來稀'라 했는데, 앞으로 한 10년 열심히 사회를 위해 봉사하다 산 좋고 물 맑은 곳으로 돌아가자. 거기서 그 옛날 상도동 토굴집 앞 우물가에서 서로의 내의를 빨아주던 그 시절을 돌이키며 가양주 한 잔으로 옛정을 나눠 보지 않겠는가? 1995

# 망해望海

나는 항구에서 태어났다. 그 항구가 남의 나라 항구이긴 했지만 항구에서 태어났다는 것은 분명 큰 자랑이다.

1935년 음력 동짓달 보름날 바닷물이 만조滿潮인 아침에 나는 일본 고베神戶라는 항구에서 태어났다. 그곳에서 어린 시절 선창가를 거닐며 자랐고 굴뚝이 큰 화물선을 보며 꿈을 키웠다.

내 아버지의 고향도 바닷가다. 여수항麗水港에서 두어 시간쯤 연락선을 타고 가서 종선從船을 갈아타고 내려야 하는 돌산突山이란 섬의 신복리 작은복골小福谷이라는 마을이 12대가 살아온 나의 고향이다.

그리고 외가도 같은 돌산 군내리 서편이라는 곳으로 해일海溢이 일고 파도가 치면 마루 밑까지 바닷물이 밀려오는 해변가에 있었다. 큰댁은 농사와 김 양식을 하였고 외삼촌은 범선 한 척에 생활을 걸고 사셨다.

내가 열 살 때 한국으로 건너와서 순천만에 접한 승주군 별량면 구룡이라는 곳에서 잠깐 산 적이 있다. 그곳엔 꼬막이 많은 갯벌이 있고 그 갯벌 위에 수많은 게가 기어다녔다. 그 게를 잡으려고 쫓아가면 재빠르게 옆걸음질쳐 뻘굴 속으로 숨어버린다.

간조干潮가 되면 그 길고 넓은 갯벌에서 우리들은 넘어지고 빠지면서 온갖 놀이를 하며 신나게 시간을 보냈다. 멀리 조그마한 돛단배라도 보이면 어쩐지 마음이 설레고 그 누가 선물을 한아름 안고 올 것 같은 환상에 공연히 가슴이 뛰었다.

해방이 되어 나는 여수항 바로 건너에 있는 돌산 나리곶이란 곳으로 이사를 했다. 그곳에서 나룻배를 타고 통학을 하면서 노 젓는 것을 배웠다.

나무판자를 붙잡고 짠물을 몇 모금씩 마시며 개헤엄부터 개구리헤엄 그리고 배영背泳 등 갖가지 헤엄치기를 익혔다.

해풍이 일고 날이 저물어 나룻배가 끊어지면, 옷을 벗어 책과 함께 보자기에 싸서 머리에 얹고 허리끈으로 질끈 매고서는 헤엄을 쳐 집으로 돌아온다. 집에 돌아와 책보를 펴보면 책도 옷도 모두 흠뻑 젖어 있지만, 그래도 바다를 건너 집에 돌아왔다는 것이 신기하고 자랑스럽기만 하였다.

나는 모든 것을 바다에서 배웠다. 숨바꼭질도 보물찾기도 그리고 참을성도 노여움도 모두 바다에서 배웠다.

어둠 속에서 밝음이 얼마나 절실한가 하는 것도 등댓불에서 배웠으며 인광燐光에 대한 이치도 바다에서 배웠다.

그리고 식물명도 해초海草의 이름부터 배웠으며 동물명도 생선의 이름부터 배웠다. 원대한 꿈도 바다 저 멀리 보물섬 같은 것이 있으리라는 동경에서 키웠고 내 육신의 성장도 노 젓기와 고기잡이의 연속에서 자랐다.

아침 햇살에 잘 낚이는 은빛 나는 밀쟁이, 오전 중에 낚이는 겁보같이 눈 큰 볼락, 뙤약볕을 피해 다니며 돌 틈 사이에서 날쌔게 나타나는 노래미, 황혼이 짙어질 때 잘 낚이는 쭉개미, 어두운 밤에 뱀같이 비비 꼬며 올라오는 바다 장어……. 이런 고기들의 먹이가 무언인지 나는 잘 알고 있다. 어떤 고기는 새우 먹이로, 어떤 고기는 지렁이로, 어떤 고기는 미꾸라지로 고기에 따라 다르게 먹이를 던져주어야 한다.

바다는 또한 나의 사색思索의 고향이다. 수평선 위로 떠나가는 흰 돛단배엔 분명 미지未知의 연인이 타고 있을 것 같은 생각 때문에 충동적으로 바다 속으로 뛰어들기도 한다.

검은 연기를 내뿜으며 항구를 떠나가는 객선客船에는 돌아가신 아버님이 계실 것 같은 착각에서 바다를 향해 손을 흔들어본다. 그러나 바다는 말이 없다. 기쁜 일에도 슬픈 일에도 결코 바다는 말을 하지 않는다. 묵묵히 내 마음을 받아들일 뿐이다.

그 이끼 낀 파래처럼 정들었던 바다를 떠난 지도 어언 20년이 되었다.

불현듯 바다가 그리워지면 가까운 인천엘 간다. 그러나 그 바다는 내가 그리던 바다는 아니다. 가을 하늘과 같은 바다, 잔잔한 자장가와 같은 바다는 결코 아니다.

나의 아버지가 똑딱선의 키를 잡고 황파荒波를 가르며 떠나간 바다도 아니며 어머니가 김장거리를 씻던 바다도 아니다. 내가 게를 잡던 바다, 낚싯줄을 던져 넣던 바다도 아니다. 바다 위에 등댓불이 비춰주던 바다도 아니며 해변을 거니는 젊은이들의 노래가 들리던 바다도 아니다.

본연의 모습을 잃어버린 바다, 소리쳐도 메아리 없는 바다, 근대화의 폐수廢水만이 뒤덮인 바다. 그 바다를 바라보며 나는 무엇을 추스를 수 있을 것인가?

목쉰 듯한 쌍고동 소리가 그리워진다. 똑딱선의 불규칙한 프로펠러 소리 그 모두가 그립기만 한 음향이다.

어떤 이는 현대인을 망향望鄕에 병든 무리라고 했다. 그렇다면 나는 망해望海에 병든 사람이 되고 싶다. 깃발을 높이 달고 오색테이프를 휘날리며 징 치고 떠나가는 이름 없는 '나가시배帆船'의 화장火匠이라도 되고 싶다. 그 넓고 넓은 바다가 자유스런 나의 영역領域이 된다면, 나는 이 순간이라도 훨훨 춤추며 그 바다로 떠나고 싶다.

끝도 없고 가도 없는 그 검푸른 바다 가운데에 서서 나는 목청을 돋우고 못다 한 절규를 하고 싶다. 만세를 부르고 싶다. 1975

# 시월의 바다

나는 계절의 변화를 바다에서 느끼면서 자랐다.

하늬바람에 밀려온 군함 같은 파도가 기암에 부서지면서 하얀 비말飛沫이 똠박끝에 뿌리면 겨울이 깊어 가는 것이다.

봄은 성난 파도가 가라앉은 잔물결 위에 자장가처럼 내리는 가랑비의 달램으로 깊어 가며, 여름은 먹구름이 몰고 온 취우驟雨로 바다가 고동치기 시작한다. 태양이 작열하기 시작하면 해수욕장 주변은 광란의 도시로 변하고 만다. 그러나 가을의 바다는 쓸쓸하게 한 계절을 보낸다. 풀숲에서 들려오는 벌레소리가 더욱 쓸쓸하게 들리고 검푸른 바다 위에 떠 있는 범선의 돛이 소복한 여인의 치마폭인 양 나부낀다.

내가 살던 마을 너머에 돌산突山 해수욕장이란 조그마

한 모래사장이 있다. 관광용 지도에도 표시가 없어서 먼 곳에서 찾는 이가 드물지만 성하盛夏의 한철에는 인근 도시에서 몰려드는 피서객으로 제법 붐빈다.

그 바람에 여름이면 이곳 아이들은 고향을 잃어버리고 만다.

아이들은 늦봄부터 굴 껍질과 돌멩이들을 치우고 가꾸어 놓은 모래사장과 수영한 뒤 바닷물을 헹구기 위해 파 놓은 우물을 빼앗긴다. 또한 야외용 텐트나 오색찬란한 수영복들의 위세 때문에 아이들의 마음도 한없이 위축되게 마련이다. 우리는 다른 장소를 물색한다. 조선소 돌담 위에다 옷을 벗어 놓고 바다에 뛰어들어 무더운 여름과 놀이터를 빼앗긴 분노를 달랜다.

입추가 지나고 나면 차차 텐트도 치워지고 수영객들도 어디론지 떠나가면서 발가벗은 해동海童들이 자기네의 왕국을 다시 찾은 듯 해수욕장으로 몰려든다.

이때가 되어야 우리들은 간신히 본래 것을 되찾기 시작한다. 마을의 뒷동산과 오솔길 옆 과수원과 해안 등 모든 것이 옛 모습으로 돌아오고 지금까지 눈에 잘 띄지 않던 마을 사람들의 모습도 대하게 된다.

바다 빛깔은 하늘빛을 닮아 맑다. 그 맑은 물속에서 오랜 시간 숨바꼭질도 하고 잠수도 하며 청각靑角·미역 등의 해초도 뜯고 해삼·게 등을 잡는데 이렇게 오래도록 물속에서 지내다 나오면 몸이 떨린다. 으스스 추워오는 한기를 땡볕에 달구어진 바위에 엎디어 녹인다. 그리고 한유객閑遊客들이 모래찜질을 하느라고 파 놓고 간 모래구덩이에 누워 흘러가는 구름을 눈으로 잡는다.

한동안 위세를 떨치던 폭양도 쇠잔해지고 해초의 잔해들이 물결에 쓸려 해변으로 밀려오면 9월도 깊어간다. 한여름 동안 해변을 누볐던 수많은 젊은이들의 낭만도 허무하리만큼 그 빛이 사라지고, 가끔 지난여름의 미련 때문에 이곳을 다시 찾은 젊은 남녀의 모래발자국도 하나하나 모래톱을 핥는 파도에 지워진다. 모래사장에 버려진 납작한 돌멩이를 주워 해면海面 위로 힘껏 던지면 수면을 차며 날아가는 제비처럼 파문을 그리며 멀리 뻗쳐간다.

10월이 되면 동네사람들의 인적도 끊기고 널려있던 한여름의 잔흔殘痕인 쓰레기마저 그 흔적을 찾을 수 없다. 이곳저곳 파 놓았던 모래구덩이도 메워지고 간조선干潮線에 널려있는 자갈에는 파릇파릇한 파래가 자라나기 시작한다. 10월의 모래사장은 어느 때보다도 깨끗하여 그 위에 말 못할 사연을 썼다가 지워버리기도 하고 모래집을 지어 놓고 달콤한 꿈에 잠기기도 한다.

동네 앞 선창에는 한여름 동안 놀잇배로 전락해 버렸던 주낙배들이 다가올 낙지 주낙의 준비를 위해 돌아오고,

멀리 해변 위에 오가던 갈매기 소리도 가깝게 들리기 시작한다. 10월에 듣는 해조음은 칸초네의 〈사랑의 노래〉처럼 애절한 곡이라 할까. 〈소녀의 기도〉처럼 희원의 리듬이라 할까!

나는 이 조수의 흐름소리를 들으며 바다 가운데 있는 똠박끝이란 바위에 앉아 낚싯대를 드리운다. 수심 깊이 바닷말·미역·청각 등의 해초가 나풀거리고 그 사이로 고기가 노닌다. 눈이 큰 볼락, 은빛을 발하는 병어, 고운 옷을 입은 각시고기, 날쌔게 돌 틈으로 숨는 노래미, 낚싯밥만 따먹어 치우는 복쟁이……. 내 앞은 용궁의 수족관水族館이다.

낚싯대를 드리운 채 수평선 위로 눈을 돌린다. 끝없는 바다 위에 몇 척의 똑딱선과 부산으로 떠나는 연락선이 크고 작은 물이랑을 일구며 지나간다. 그 너머 남해南海 섬도 이때면 훨씬 가까워 보인다. 소리쳐서 부르면 누구인가 싸리문을 열고 대답하며 나올 것 같이 3해리의 거리가 가깝게 느껴진다.

훌쩍 뛰면 안길 듯싶은 녹음이 뒤덮인 오동도梧桐島, 손쉽게 잡힐 것 같은 자산공원紫山公園, 모두가 10월의 맑은 바다를 사이에 두고 있기 때문일까!

눅눅하고 습기에 찬 동남풍도 어느덧 상쾌한 하늬바람으로 바뀌고 여름 동안 소나기를 담아오던 먹구름도 한여름의 햇볕에 마전되었는지 하얀 솜털처럼 바다 위를 흘러간다.

10월의 바다는 나 홀로 즐기는 바다다. 선창에 매어 놓은 조그마한 돛단배를 타고 조류 따라 바람 따라 흘러간다. 썰물에 밀리면 오동도 앞을 지나 아기섬이 보이는 동해 쪽으로 흘러가고, 밀물에 밀리면 장군도將軍島 목을 지나 경도鏡島를 거쳐 황해 쪽으로 밀려간다.

나는 이 배 위에서 노을을 본다. 바다는 고요히 불붙기 시작하고 그 붉은 빛깔은 바다 깊숙이 침잠沈潛한다. 그러나 오동도의 등대불이 해면 위에 드리우면 10월의 바다도 저물어가고 한결 영롱해진 밤하늘의 별들은 바다와 밀어를 속삭이게 된다. 1975

# 병病든 바다

한 바가지 푹 퍼 마시고 싶은 바다. 파래가 나풀거리는 밑창에는 깨끗한 자갈이 깔려있다. 잔잔한 파도가 일면 수많은 포말이 밀려갔다 밀려온다.

옷을 훌렁 벗고 뛰어든다. 수영에 익숙한 해동海童은 자맥질을 해야 성이 풀린다. 물구나무를 서듯이 다리를 쭉 뻗고 해심을 향하여 팔다리를 놀린다. 팔은 양손을 앞으로 쭉 내밀었다가 나비처럼 원을 그리고, 발은 오리처럼 물장구를 친다.

얼마쯤 가면 해저에 닿는다. 그곳은 소름이 돋을 만큼 고요가 깔려 있다. 해초들이 숨소리 없이 해면을 향하여 하늘거리고 있다. 바닷말은 녹갈색으로 키가 크고 숱이 많고 잎이 작다. 청각은 자홍색 빛깔에 사슴뿔 모양으로 주먹만 한 돌에 정교하게 붙어있다. 좀 깊은 곳에 자리 잡은 미역은 흑갈색의 혓바닥을 날름거리며 해동의 숨결을 가쁘게 한다. 미역 한 폭을 캐오는 날이면 저녁상이 푸짐하다.

식초와 깨소금을 넣어 무치기도 하고 조개를 넣어 국을 끓이기도 한다. 나는 바다의 그 신선한 해조海藻와 패류와 생선을 먹으며 자랐다. 바다는 또한 나의 곡창穀倉이며 구멍가게이기도 하다. 썰물이 밀려나면 긴 모래사장 밑으로 개펄이 나타난다. 호미를 들고 개펄을 파면 조개가 나오고 낙지가 잡히며, 운이 좋은 날은 개불도 잡힌다. 황갈색의 원통상圓筒狀으로 생긴 개불은 익히지 않고도 먹을 수 있으며 짜릿하고도 달짝지근한 맛은 천하 일미다.

간조干潮가 심하지 않은 날은 뒷논에 가서 미꾸라지나 논새우를 잡아가지고 아침부터 낚시질을 떠난다. 바위틈이 많은 곳에서는 미꾸라지를 먹이로 노래미를 낚고, 바다 바닥에 자갈이 많이 깔린 곳에서는 새우를 미끼로 볼락을 낚는다.

이렇게 나는 바다와 더불어 어린 시절을 보냈다. 그런데 그 검푸르고 맑은 동심의 바다를 잊고 살아온 지도 꽤 오랜 세월이 지났다.

지난 가을 부산에서 도서전시회가 열려 바쁜 틈을 내서 부산으로 내려갔다. 참으로 바다가 보고 싶었다. 20년 전 군대 생활을 하면서 잠깐이지만 정이 들었던 그 부산의 바다가 불현듯 보고 싶어졌다.

태종대의 기암절벽과 그 밑으로 깔려 있는 티없이 푸르른 물빛도 보고 싶었다. 영도다리의 오르내림과 그 아래로 흰 돛단배가 오가는 그림 같은 풍경도 보고 싶었다. 자갈치시장이 있는 부둣가에 떼지어 달려들던 갈매기들도 보고 싶었다. 고향인 여수로 떠나는 연락선의 고동 소리도 듣고 싶었다. 그러나 내가 그리던 그 항구와 그 바다는 아니었다.

나는 부산 탑 위에 올라 모든 것이 변해버린 병든 바다를 보았다. 풍선風船과 주낙배도 쫓겨 가버린 바다를 보았다. 어릴 때 갈바람에 돛깃을 날리며 세차게 달리던 〈우다시〉배도, 내 푸른 꿈을 노 저어 나르던 나룻배도 보이지 않는다. 우람한 유조선의 매연 사이로 희미한 산과 오륙도의 형태만이 지난날의 바다와 섬들의 전설을 이야기해줄 뿐이다.

기름 덮인 해면 위에 모이를 찾아드는 한 마리의 갈매기마저도 보이지 않는 바다. 똑딱소리와 고동 소리의 여음餘音도 사라지고 탱크가 지축을 울리며 굴러가는 것 같은 전율의 소리가 온 항구를 뒤덮어버린 바다. 질피〔海草〕 껍질이 해변으로 밀려오고, 밀물과 파도에 섞여 정어리가 모래사장에 뒹굴며 허연 배를 드러내놓던 그런 해변을 이제는 찾아볼 수 없을 것 같다. 바닷가에 그 많던 고운 모래들도 도시로 운반되어 크나큰 빌딩으로 변해가고, 현대인은 비릿한 갯내음의 향수도 잊은 채 그 건물의 층계참에 멋없는 발자국을 남기며 살아간다.

여수로 떠나는 연락선이 콘크리트로 굳어버린 영도다리 밑으로 고동 소리도 잊은 채 오염된 물결을 가르며 소리 없이 지나간다.

그 정겨운 유행가의 가사에서처럼 난간에 기대어 손수건을 흔들어주던 여인의 모습도 사라져버린 선창에서 나는 아름다운 과거를 빼앗겨버린 것 같은 허탈감에 젖었다.

넓고 푸른 꿈을 키워주던 바다. 너와 내가 뒹굴던 바다. 한없이 너그럽게 포용해주던 바다. 그렇게도 티없이 순수하던 바다. 이제 그 바다는 예전의 바다가 아니다. 모든 것을 빼앗겨버린 황량한 벌판. 그러나 나는 그 요람搖籃의 바다를 영원히 버릴 수는 없을 것이다. 1977

# 산의 침묵

가끔 나는 산에 오른다. 태고의 정적을 맛보기 위해서다. 그러나 어느 곳 하나 사람의 발길이 거쳐 가지 않은 곳이 없다. 어느 때는 도시의 소음보다 더 시끄러운 산을 대하게 되고 어느 곳은 쓰레기 하치장보다도 더 지저분하다. 산은 산이로되 내가 그리던 산은 어디로 가고 앙상한 산의 잔해만이 나를 슬프게 한다.

어린 시절 산에 나무를 하러 올라가면 무덤가에 수줍게 피어있는 봄의 할미꽃을 대하게 된다. 어느 한 손길도 닿지 않은 그 꽃에서 마음의 안정을 찾는다. 여름이면 계곡의 시린 물에 발을 담그고 푸른 숲속에 누워 흘러가는 흰 구름을 보며 미지의 세계를 동경한다. 떡갈나무 잎이 갈색으로 물드는 가을이면 초동의 마음은 설레인다. 산귀래山歸來 열매를 입에 물고 가끔 나룻배에서 만났던 교복 입은 소녀를 생각한다. 겨울은 낮이 짧아 나무꾼에게는 바쁜 계절이다. 그러나 삭정이를 꺾어 모닥불을 피워 놓고 고구마를 구워먹는 재미 때문에 겨울이 은근히 기다려지기도 한다.

고향 마을 뒤편에 길게 누워 있는 야트막한 산은 어린 시절 뛰어놀던 마당이요, 동산이요, 정원이었다. 솔방울 전쟁놀이도, 숨바꼭질도 그곳에서 했다. 나는 그 산의 훈기로 자란 것이다. 해풍이 몰아치는 다복솔 사이를 거닐면서 먼 나라처럼 생각되는 도시를 그렸다.

바다에서 불어오는 바람으로 꽃이 피던 산, 어느 곳 하나 인위의 손길이 닿지 않은 자연 그대로의 산, 솔바람소리가 수평선 건너 멀리멀리 사라지던 그 고향의 산……

이제 그 산도 나무가 베이고 땅이 깎여 옛 모습을 볼 수가 없다. 그 자리엔 멋대가리 없는 콘크리트 건물이 세워졌고 조선소의 발동기소리와 시커먼 매연만이 근대화란 푯말을 감싸고 있다.


십여 년 전 L형이 중심이 되어 조그마한 등산동우회를 만들었다. 많을 때는 칠팔 명, 어떤 때는 혼자서 서울 근교의 산을 찾아 오르곤 하였다.

가파른 천마산 등성이를 오르기도 하고 백운대 계곡을 따라 수락산 정봉頂峯에 올라 아름다운 조국의 강산을 조망하기도 했다. 그럴 때면 나는 가끔 북으로 뻗은 산의 맥脈이 끊긴 것 같은 환상에 사로잡혀 오한懊恨에 젖기도 하였다.

어둠이 깔린 조용한 하산길은 나를 번고煩苦하는 철인이 되게도 하며, 망명지의 유랑민이 되게도 한다. 나는 산에서 묵시의 대화를 한다. 인생의 덧없음에 대해서, 민족의 영원성에 대해서, 사랑의 가변성에 대해서 묻고 대답한다. 그러나 이제 산은 본래의 모습을 잃고 시장이요 전쟁터가 되어가고 있다. 나만이 은밀하게 알았던 밀어의 장소는 모두 공개되었고 나만이 거닐던 산책로도 이제는 공유의 것이 되어버렸다.

산, 그러나 나는 정월과 8월의 산에서 산의 산다움을 잠시나마 맛본다.


실뿌리도 잠든 정월의 산, 산사山寺에서 들려오는 목탁소리에 나뭇가지 위에 얹힌 흰 눈이 머리카락 위에 날리고 하얀 눈 위에 찍힌 산새의 발자국이 원시의 산을 연상케 한다. 그리고 벌레소리도 지쳐버린 무더운 8월의 산에 구슬 같은 소나기가 쏟아져 사계四界가 단절된 깊은 숲속에서 나는 원색의 푸르름을 맛본다.

산은 수많은 비밀을 안고 있다. 그러나 결코 망각하지 않은 침묵으로 숱한 사연을 안으로 삭이고 있다. 산은 짓밟혀도 침묵한다. 그리고 조용히 서서 흰 구름이 오감을 지켜볼 뿐이다. 「靑山原不動 白雲自去來」. 1976

# 경마競馬

일요일이면 가끔 뚝섬에 있는 경마장을 찾는다. 곧잘 다니던 등산도 사무실 일이 바빠지면서 다니지 못한 지 꽤 오래된 듯하다. 산정에 오르기는 너무나 가파른 천마산, 기암괴석에 경탄을 금할 수 없는 도봉, 어느 곳 하나 추상追想이 깃들지 않은 곳이 없는 수락水落, 그 많은 산과 가지가지로 변하는 자연의 모습을 대하지 못한 지도 퍽이나 오래 된 것 같다.

가고 싶은 곳을 가지 못하게 되면 아무 곳에도 가지 않아야 되는 것인 줄 알면서도 대강 일을 마치면 좀이 쑤신다. 도심의 빌딩 속을 빠져나와 시원한 바람이라도 쐬며 도박을 한번 해보고 싶은 충동이 가슴을 친다.

버스를 타고 가기에는 어쩐지 마음이 내키지 않는다. 택시의 창문을 활짝 열고 고가도로를 타고 뚝섬을 향해 달리면 바람은 시원한데 마음은 초조해진다. 마지막 레이스가 끝나버렸을 것 같은 생각, 앞에 달리는 차의 번호판의 첫째와 둘째 숫자의 마권馬券을 사면 많은 배당을 받을 것 같은 생각이 더욱 마음을 설레이게 한다. 경마장 입구에 들어서자마자 먼저 예상표 한 장을 산다. 아직 11경주 중에서 8경주의 경기가 끝나고 3경주가 남았다. 150원을 내면 입장권과 출마표出馬表가 나온다.

마장馬場에는 다음 경주에 뛸 마필馬匹 예닐곱 마리가 경마꾼에게 선을 보이며 타원형으로 돌아가고 있다. 오른편 게시판에는 다음에 출전할 기수의 이름이 쓰인 현판이 붙어있고 많은 사람들은 마장에 둘러서서 눈과 입으로 다음에 뛸 말에 도박을 건다.

매표소 앞에서 나는 잠시 망설이게 된다. 단승식單勝式 마권을 살 것인가, 복승식複勝式 마권을 살 것인가, 그렇지 않으면 가장 확률이 적으면서도 배당이 많은 쌍승식雙勝式 마권을 살 것인가. 기분이 좋고 주머니 사정이 괜찮으면 쌍승식 매표소 앞에서 서성거리게 되고 그렇지 않으면 안전성이 있는 복승식 매표소에 가서 마권을 산다. 단승식이 가장 맞추기 쉽지만 그것은 초보자나 서툰 사람들이 하는 게임 같아서 마음이 내키지 않는다.

돈이 좀 있는 날이며 한 장에 천 원하는 종합권綜合券을 사지만 그런 경우는 드물고 으레 백 원짜리 마권을 몇 장 사 놓고 요행을 꿈꾼다.

마감 3분 전, 1분 전 하고 전광판의 숫자가 바뀌면 공연스레 마음이 급해진다. 마감이 되어 매표소 앞을 지나쳐 나오자면 어쩐지 꼭 사야만 할 마권을 사지 못한 것 같아 마음이 허전하다. 모든 사람들이 스탠드로 몰려든다. 그리고 말이 발주대發走臺를 떠나는 시간까지 많은 예상들이 풍성하게 입에서 귀를 거치며 한없이 맴돌기 시작한다. J기수가 말채를 높이 들었으니 꼭 1착이 될 것이라느니, H기수가 〈부르진〉을 탔으니 적어도 2착은 할 것이라느니 억측과 예상은 한없이 번져간다.

매상고가 기재된 게시판이 높이 치솟고 나면 또 한 번 경마꾼들은 웅성거리기 시작한다. 총매상이 3백만 원이니 4백만 원이니, 1,2가 2천 장 팔렸느니 3,4가 아나(穴: 일본어)라 들어오기만 하면 배당이 좋겠다느니 하는 사이에 벌써 경주마競走馬들은 발주대를 떠나 달리기 시작한다.

선주마先走馬라 출발이 빠르지만 뒤에 가선 처지는 말이 있고 추입마追入馬라 뒤처져 달리다가 마지막 코너를 돌면서 신바람 나게 선두로 골인하는 말도 있으며 선두를 그대로 고수하는 말도 있다. 어느 말은 천팔백 미터를 1분 56초만에 달리는 말이 있는가 하면, 어느 말은 2분 3초에도 달리지 못하고 중간에서부터 맥이 빠져 터벅터벅 걸어 들어오는 말도 있다.

경주가 시작되면 전광판에 달리는 말의 숫자가 기재된

다. 5번 마가 앞달리는 듯하다간 또 3번 마가 앞서고, 2번 마가 앞서는가 하면 1번 마가 추월하는 시소는 곧 생존 경쟁의 인간사를 방불케 한다. 어느 말은 1,2차나 2,3차를 다투기도 한다. 이렇게 하여 자기가 산 마필이 승자가 되면 좋아서 발을 구르며 환호성을 발한다. "야 1,2다, 1,2 다!" 부끄러움을 잊은 듯 광기 섞인 음성으로 고함을 지른다.

드디어 환급금판還給金板에 배당금이 기재된다. 적을 때는 맞배당이라 하여 백 원권 마권에 이백 원 정도가 배당되지만 많을 때는 백 원권 배당에 3천원이나 5천원이 나오는 경우도 있다. 총매상액에서 마사회 운영비·방위세 등 30프로를 공제한 70프로를 가지고 이긴 사람들에게 환급해주는 것이다.

중간에 돈이 떨어져 쓸쓸히 돌아가는 사람도 있지만 거의 모든 사람들은 마지막 레이스까지 기대를 건다. 〈마사신보馬事新報〉나 〈경마 다이제스트〉 등의 예상표를 참작하고 전회의 기록 등을 통계 내어보기도 한다. 그리고 기수가 말을 타고 나가는 모습 등을 보며 살 마권의 번호를 결정한다.

3,4년 전만 해도 나는 경주마의 이름을 곧잘 외었다. 묘향산·관악산·물레방아·나폴레옹 등. 그리고 그 말들의 최고 기록도 기억하고 있었다. 그러나 요즈음에 와서는 말 이름이

부르진·링고·샤레이드 등 외우기도 힘든 외국어로 바뀌어 친근감도 덜하며 기록도 저조한 것 같다.

들뜬 마음으로 어영부영 마지막 레이스까지 보고 나면 해도 서산으로 기운다. 경마장 앞 골프장 여기저기에 깔려 있던 골퍼나 캐디의 모습도 사라지고 싸늘한 밤바람이 넓은 벌판을 휩쓸기 시작한다. 그러면 그 작고 큰 종이들이 바람 따라 이곳저곳으로 휘날린다. 넓적한 예상표와 천 원짜리 종합권에서 백 원짜리 보통 마권에 이르기까지 그 많은 지폐의 잔해들이 뒹굴기 시작한다. 이 많은 종이의 휘날림 속에서 많은 사람들의 인생을 읽는다.

아침에 아내에게 몇 푼의 돈을 타가지고 나온 사람, 직장에서 가불을 해 나온 사람, 퇴직금을 탄 돈을 가지고 나온 사람, 집 판 돈을 가지고 나온 사람, 2,3년 전에는 그렇게도 말쑥하던 신사가 왜 저렇게 초라해졌을까 하고 느껴질 정도로 추레한 사람을 보며 나는 인생이란 것을 생각한다.

인생이란 출마표도 예상표도 없이 달리고 있는 말과 같다고, 그리고 또한 승부를 예측할 수 없는 경마장의 마권이라고……. 1975

# 아버지의 산 어머니의 바다

나는 바다와 같은 어머니로부터 태어나서 산과 같은 아버지의 곁으로 돌아갈 것이라는 생각을 가끔 하게 된다.

나는 바닷가에서 태어나 바다를 보며 자랐다. 해조음을 자장가로 들으며 바다를 요람으로 삼고 어린 시절을 살았고, 소년 시절엔 뱃고동 소리를 행진의 신호 소리로 여기며 꿈을 키웠다.

나의 어머니도 갯물이 휘날려 지붕을 덮는 바닷가 초가집에서 태어나셨다. 어머니는 평생을 바다가 보이는 곳에서 바다와 같은 삶을 사셨다.

바다의 잔잔한 파도는 어머니 치마폭의 흔들림이며, 바닷바람에 휘날리는 어머니의 옷고름은 고기를 가득 실은 만선의 깃발이었다.

성난 파도는 흰 빛을 띠었다가는 파란 바다 속으로 자취를 감추고, 모래톱 위에 흰 비단자락처럼 펼쳐졌던 파도도 푸른 바다 밑으로 스르르 쓸려 간다.

바다의 파도는 어머니의 마음이다. 거세게 꾸짖었다가도 이내 노여움이 사라져 바다 본연의 모습으로 돌아가는 모정의 마음이다. 거센 썰물의 물 흐름 소리와 울돌목에 울려 퍼지는 해조음은 어머니의 노한 꾸짖음이며, 밀물의 은은한 바다 소리는 어머니의 자상한 타이름이다.

나는 가끔 심한 병앓이를 할 때면, 임종하실 때 손을 꼭 쥐고 이를 악물며 아픔의 고통을 입 안으로 삭이시던 어머니의 모습을 연상하게 된다. 어머니의 삶 또한 그랬다. 성난 파도가 밀려와 튼튼한 방파제를 때려 치는 그 격랑의 모습은 마치 어머니가 그 숱한 세상사와 싸워온 모습처럼 보였다.

어머니는 분명 바다였다. 순한 바다도 성이 나면 열 길의 물기둥을 세우고 암석에 부딪혀 포효를 하며 모래톱을 사정없이 훑어 내린다. 어머니는 그렇게 살아오셨다. 서른이 갓 넘어 아버님과 사별한 후, 홀로 아들 하나에게 기대를 걸며 살아오셨다. 모진 가난의 세월과 여수·순천사건, 6·25전쟁을 겪으시고도 모자라, 필화사건 등으로 감옥살이를 하는 아들의 옥바라지 등 숱한 각고를 겪으며 60평생을 사시다가 아들에게 집 한 채와 얼마간의 여윗돈을 마련해 주시고 돌아가셨다.

어머니는 외향적인 성격을 가지신 분이셨다. 목욕을 시

켜주실 때도 손, 발, 목 등 눈에 잘 뜨이는 곳을 아프도록 닦아 주셨다. 그리고 동네 아이들과 싸우고선 지고 들어오면 혼벼락이 났다. 공부도 잘하라고 강요하셨고 인사성 밝은 것을 으뜸으로 여기셨으며, 내가 우리나라에서 일곱 번째로 큰 섬의 가장 큰 면이었던 고향 돌산의 면장이라도 되어서 금의환향하는 것을 그렇게도 바라셨다. 그런 어머니의 소원을 하나도 이루어 드리지 못했다. 나는 요사이도 고양군 장흥면에 있는 신세계공원묘지에 잠들어 계시는 어머니의 무덤을 가끔 찾는다.

아버지는 어머니와는 달리 내향적인 성격을 가지셨던 분이다. 말씀이 없으셨다. 산처럼 침묵하시면서도 무언의 행동으로 교육을 시키셨던 분이다. 목욕을 같이 가서도 몸을 닦는 데는 별말씀을 하지 않고 나에게 맡겨 두셨다가 나올 때쯤이면 불러서는 꼭 귓속과 배꼽 등 사람의 눈에 잘 뜨이지 않는 부분을 깨끗이 씻고 닦아 주셨다.

내 어릴 때의 성적표를 받아 보시고도, 공부는 못하는 것보다 잘하는 것이 낫지만 공부가 사람이 되는 데 그렇게 중요한 것은 아니라고 하시면서, 착한 일을 하고 거짓말을 하지 말며 남의 것을 탐내지 말고 어려운 일도 참고 꾸준히 일하면 훌륭한 사람이 될 수 있다는 말씀을 하셨다.

아버지는 나에게 회초리 한 번 들어 보신 적이 없다. 낯모르는 사람에게 인사를 하지 않았다고, 아비 없는 후레

자식이란 말 듣게 한다고 내가 성년이 된 후에도 종아리에 매질을 하셨던 어머니와는 너무도 다르셨다. 어느 날인가, 음식을 먹을 때엔 소리를 내지 말라고 몇 번인가 타이르셨는데 짜금거리며 밥을 먹자 숟가락 놓고 밖으로 나가라는 꾸중을 하신 일이 기억날 정도다.

아버지는 산마을에서 태어나셨다. 그리고 산을 찾는 방랑의 생활을 하셨다. 프리드리히의 〈산에 서 있는 사람〉이란 그림 속의 주인공처럼 항시 고독해 보였다.

산 중턱을 휘감아 흐르는 자욱한 안개바다 위에 홀로 서 있는 나그네처럼, 광활한 우주의 한 공간에 서서 머리카락을 휘날리며 지팡이를 짚고 섰는 한 중년의 뒷모습처럼 나의 아버지는 항상 우수에 젖어 있었다. 그리고 사색하는 모습이셨다. 그런 아버지는 내 나이 열두 살 때 돌아가셨다. 그리고 당신이 어릴 때 노셨던 고향 산에 묻히셨다.

나는 바다를 무척 좋아했다. 그러나 50을 넘으면서부터 바다와 같은 격랑의 감정은 차차 사라지고 산과 같은 부동과 침묵의 세계가 나에게 다가왔다.

바다는 생동감 넘치는 파도의 세계라면, 산은 움직이지 않아 죽어 있는 것 같으면서도 살아 있는 침묵이다.

나는 이제껏 어머니의 바다와 같은 삶에 영향을 받고 따르며 살아왔다. 모진 격랑을 헤치고 썰물과 밀물의 소용돌이 속에서도 억센 몸부림으로 참고 살아왔다. 거센 파도에 온몸을 송두리째 맡기기도 하고 또한 부딪쳐 침몰하기도 하면서, 어지간히 내가 바라던 피안에 닿았다.

이제 산의 지혜를 배울 때가 된 것 같다. 침묵하면서도 삼라만상을 포용하는 장엄한 그 뜻을 알아야겠다.

산과 같은 아버지, 바다와 같은 어머니.

나는 이제 산과 같은 아버지가 될 나이가 된 것 같다.

1992

# 회상回想 속의 아버지

얼마 전에 아버님의 30주기周忌를 보냈다. 매년 돌아오는 기일忌日이면 나는 제상祭床 앞에 앉아 담담히 그날을 보낸다. 어머님의 제삿날처럼 며칠 전부터 육식조차 금하고 그날을 기다리지는 않는다.

나의 아버님에 대한 그리움이 어머님을 향한 것만 못한 것은, 아직도 가시지 않은 어머님에 대한 애틋한 여한餘恨 때문만은 아니다. 아버님은 미처 '부자父子의 정'도 영글기 전인 내 나이 열한 살이 되던 해에 돌아가셨다.

그날은 마침 아랫마을 친구들과 집 앞 보리마당에서 축구시합을 하기로 약속한 날이었다. 얼마간을 벼르던 시합을 나로 인해 망쳤다고 투덜거리는 친구들에게 미안한 생각이 앞설 만큼 철부지인 나이였다.

장례식 날은 비바람이 억세게 몰아쳤고 심한 뇌성雷聲은 어린 마음을 더욱 놀라게 해주었다. 아버님의 영구靈柩

를 선산으로 모시기 위하여 발동선으로 운구運柩를 하였다. 그날따라 왜 파도는 그렇게 뱃전을 사납게 치며 겁에 질린 나를 더욱 떨게 하였는지. 운구선이 다도해多島海를 두 시간쯤 지나 아버님이 태어나신 동네어귀의 선창에 닿자 꽃상여가 와서 관을 옮겨 올렸다. 어머님의 울음소리와 상여꾼의 구슬픈 곡성의 화음和音은 나를 소름 돋는 두려움의 심연深淵 속으로 휘몰아갔다. 꽃상여의 종이 연꽃이 하나하나 세찬 비바람에 떨어지고 앙상한 상여의 형해形骸가 드러날 무렵에야 '논 건너' 장지에 닿았다.

어린 나는 어른들이 시키는 대로 혼자서 잔을 올리고 절을 몇 번인가 되풀이하였다. 관이 묻히고 산신제를 지낸 후 비에 흠뻑 젖은 상복을 질질 끌며 큰댁으로 내려온 나는 곧 잠이 들고 말았다.

이제 아버님에 관한 이야기를 해주실 분도 거의 돌아가시고 몇 분 계시지 않는다. 가끔 내가 경마장엘 갔다 오든지 화투놀이를 하고 있으면, "너는 왜 아버지를 닮아 그렇게 노름을 좋아하느냐"고 꾸중하시던 어머님도 몇 해 전에 돌아가셨다.

어느 날 마을 앞을 지나던 탁발승이 냇가에 앉아 발을 닦고 있는 아버님을 보시고는 "이 아이는 단명하겠다"는 말을 해서 할아버지는 그 당장 아버님을 스님에게 딸려 보냈다고 한다.

그 후 군내리郡內里 뒷절이라는 은적암隱寂庵에서 얼마간 공부를 하시다가 뛰쳐나오신 후 줄곧 떠돌아다니는 생활을 시작하셨다. 일본으로 건너가서도 방랑하시다가 돈이 떨어지면 어느 한 곳에 머물러 메리야스 공장 견습공 노릇도 하고, 자전거포 점원 노릇도 하시다 돈이 생기면 정처 없이 떠나는 것이었다.

홋카이도北海島에서 시코쿠四國까지 방방곡곡을 떠돌아다니면서 아버님은 여자를 사귀고 도박을 즐겼다.

나이 서른이 되어서 할아버지의 성화로 고향의 열 살 아래인 어머니와 결혼을 했다. 한 여자의 지아비가 된 아버님은 이제 정착을 해보려 하였다. 그래서 일본 고베 역전에 자전거포를 겸한 선반공장인 '다나카 철공소'를 사들였다. 얼마간은 열심히 일했다. 그러나 20여 년 간 몸에 밴 방랑벽과 마작·포커·경마·화투 등의 도박 재미를 쉽게 버릴 수는 없으셨을 것이다.

어머님은 몇 달이고 돌아오지 않는 아버지를 기다리는 생활을 하는 한편 혼자 손으로 공장을 운영하셨다. 그러는 사이에 형과 누나 그리고 내가 태어났다. 그러나 형은 태어나자마자 죽고 아버지가 제일 귀여워하던 누나도 여섯 살 때 죽었다. 그때부터 아버지는 긴 방랑에서 가정이라는 것을 새삼스레 의식하기 시작한 것 같다.

내가 초등학교에 들어갈 무렵 우리 집은 도쿄 근처에 있는 '사가미하라相模原'란 곳으로 이사를 하였다. 그곳에서 청소도구 일체를 만들어 일본 제2육군병원에 납품을 하였다. 공장의 직공으로 많은 한국 사람이 몰려들었다. 나에게도 친구가 생기기 시작했고 그곳에서 사가미하라 제일국민학교를 다녔다.

그 무렵 아버님은 오랜 불규칙적인 생활에서 얻은 위장병으로 고통을 받기 시작하였다.

태평양전쟁 막바지에 아버님이 근무하던 육군병원으로 밀려오는 부상병들을 보고 일본의 패망을 예측하신 아버님은 고향으로 돌아갈 것을 강경히 주장하셨다. 어머님은 정기 연락선이 끊어졌으니 가재도구는 어떻게 운반하며 집 등 재산의 미련 때문에 갈 수 없다고 고집하셨다. 그러나 아버님이 죽어도 고향 선산에 묻혀야 한다면서 간단한 이삿짐을 챙겨 요코하마에서 부정기 선박을 타고 우리 세 식구는 한국으로 왔다.

고국에 돌아와서의 가난은 어머니로 하여금 아버지의 처사를 원망하기에 충분하였다. 돈이 있어도 식량을 살 수가 없었다. 그러나 아버님은 고국으로 돌아온 것을 추호도 후회하지 않으셨다. 승주군 별량면 가동에 2,30마지기의 논을 사서 농사를 지었으나 공출로 다 빼앗기고 말았다.

하루는 '단코즈봉'을 입은, 왜놈들의 관리인 듯한 사람이 다녀간 후 아버님은 병색이 더욱 짙어져 자리에 눕고 말았다. 구장인가 면장을 하지 않으면 보국대로 끌어가겠다는 것이었다. 그 당시의 면장이나 구장이란 왜놈들의 앞잡이로 공출 독려나 하고 죽창으로 땅을 쑤시고 다니면서 연명하기 위해 땅 속에 항아리를 묻어 숨겨 놓은 곡식을 찾는 짓들이나 하는 자들이었다.

아버님은 얼마 후 보국대로 끌려가다가 가는 도중에 해방을 맞아 돌아오셨다. 해방되던 해 겨울, 우리는 아버님이 태어나신 돌산의 북단에 있는 백초白草라는 곳으로 이사를 하였다. 그곳에서 아버님은 병이 악화되어 돌아가셨다.

나는 여느 사람과 같이 아버님에 대한 많은 추억을 갖고 있지 못하다. 돌아가시기 한 해 전인가, 설날 큰댁에서 조청 한 단지를 주셔서 아버님과 같이 들고 오다가 나의 실수로 해풍이 매섭던 날 동릉東陵 고개에서 조청단지를 깨뜨리고 말았다. 깨어진 사기 조각을 만지작거리는 나의 손을 잡아 일으키면서 해가 저물겠으니 빨리 집에 가자고 손을 잡아끄시던 기억이 난다. 냉엄하도록 무관심한 것 같은 아버님의 차가운 인상 속에서 그때 아버님이 마지막 베푼 그 따뜻한 정이 나로 하여금 가끔 아버지의 상념에 사로잡히게 한다.

또한 왜놈들의 주구走狗가 되지 않고 옳은 일을 위해서

는 조그마한 지위지만 거절할 수 있었던 아버님의 양식을 나는 존경하며 자신을 돌이켜본다.

　나도 죽을 때까지 권력이나 명예 때문에 불의와 부정에 영합하지 않는 그런 아버지가 될 수 있을까, 비굴하고 치사스럽게라도 치부하고 향락하려는 이 크나큰 흐름 속에서 나만은 가난하고 무력하나마 돌아가신 아버님 앞에 부끄럽지 않은 아들이 될 수 있을까, 하고 조용히 생각해보는 시간이 많아지는 것은 정녕 나이 탓인지도 모를 일이다.

1975

# 본무실本無實

석간신문을 펴 드니 내일 아침에는 기온이 영하로 떨어진다는 기사가 먼저 눈에 들어온다. 서둘러 앞뜰에 있는 화분을 집안으로 옮겨야겠다는 걱정이 생긴다.

가장 아끼는 매분梅盆은 첫서리를 맞혀야 꽃을 맺는다고 하니 마음이 조금은 놓이지만, 내가 애지중지하는 것은 그것만이 아니다.

얼마 전 선물로 받은 20년생이 넘는다는 소철나무와 양란洋蘭은 모두가 영하의 기온에는 얼어 죽는 식물들이다. 꽃망울이 맺혀있는 천리향千里香 나무와 수액이 뚝뚝 떨어질 것 같은 탐스러운 활엽의 고무나무도 추위에는 약하다. 얼마 전에 구한 연초록색의 '블루버드'라는 나무는 소나무처럼 침엽수라 추위에는 강할 것 같지만 혹시 얼지 않을까 염려가 된다.

몇 해 전만 해도 집에 있는 꽃나무라고는 유도화 한 그

77

루뿐이어서, 이사를 다닐 때는 어린아이처럼 조심스럽게 가지고 다녔다. 마당이 없는 집에서는 질화분에 심었다가 화단이 있는 집으로 이사하면 땅에 옮겨 흙냄새를 맡게 했다. 그러다가 눈보라 치는 강추위가 닥쳐오면 다시 화분에 옮겨 부뚜막 위에서 긴 겨울을 넘겼다. 특별한 정성을 들이지 않아도 유도화는 초여름부터 10월이 될 때까지 연분홍 꽃을 계속해서 피워주었다.

내가 자란 고향집에도 탱자나무 울밑에 작은 화단이 있었다. 겨울엔 장독대 옆에 갈뫼봉에서 파다 심은 노간주나무 한 그루가 눈을 맞고 외롭게 서 있었지만, 봄·여름·가을에는 풀꽃들이 다투듯이 많이 피어댔다. 나팔꽃과 봉선화 같은 일년생 꽃들은 전해에 땅에 떨어졌던 씨에서 싹이 돋아 제 스스로 꽃을 피웠으며 줄기가 말랐다가 새순을 맺는 작약·창포·국화는 한 돌이 되면 꼭 같은 색과 모양의 꽃을 자랑스럽게 피워주었다.

나는 20여 년 간의 서울생활을 하면서 항시 소박한 마음가짐으로 더도 말고 고향집의 화단만한 작은 꽃밭을 갖고 싶었다. 그러나 좀처럼 그 꿈은 쉽게 이룰 수가 없었다. 10여 년 전에 마당 한 평 없는 오두막집을 겨우 마련한 후 두세 번 이사를 했지만 모두 화단이라곤 한 뼘도 없는 집이었다.

그런데 재작년에 정원이 좋은 값싼 집이 한 채 났다고

누가 소개를 해서 정원만 보고 얼른 그 집을 샀다. 고지대라 수돗물도 잘 나오지 않고 높은 뒤축대에 금까지 가서 불안하기도 하였지만 잔디가 쭉 깔린 정원이 무엇보다 마음에 들었다. 그러나 내 소박한 욕구에 비하면 너무 분수에 넘치는 집이었다.

담장은 넝쿨장미와 개나리로 둘러쳐 있고 오래된 목백일홍木百日紅과 잘 전지剪枝된 향나무, 그리고 대추·감·배·은행·모과 등의 유실수만도 10여 종이나 되었다.

처음 듣고 처음 보는 꽃들도 많았다. 설하雪下·상사화想思花 등 슬픈 전설을 안고 있는 꽃과 여러 가지 빛깔의 장미와 목련, 라일락 등도 정원에 조화 있게 심어져 있었다.

나는 겨울맞이를 위해 온실도 만들었다. 거기에다 사무실 이전 때 친구들이 보내준 파인애플, 귤나무 등도 옮겨다 놓았다. 그리고 화훼원예花卉園藝에 대한 지식도 없이 보기 좋은 화초를 이것저것 사다 놓고 난롯불도 지폈다.

그해 겨울은 유난히도 추웠다. 정성껏 연탄불을 갈아주고 바람도 막아주었지만 값비싼 화초는 겨울이 지날 무렵 거의 얼어 죽고 말았다. 뜰에 있는 과실수와 꽃나무에도 볏짚을 사다 감아주고 가마니로 덮어주는 등 월동태세를 갖추어주었지만, 목백일홍을 비롯한 몇 그루의 나무가 아깝게도 동사凍死하고 말았다. 죽은 나무들을 안쓰러운 마음으로 뽑아내면서 "크게 버리는 사람만이 크게 얻을 수 있다 ……아무것도 갖지 않을 때 비로소 온 세상을 갖게 되는 것이 무소유無所有의 역리逆理"라고 한 법정法頂 스님의 〈무소유〉라는 글을 생각했다.

나는 한겨울을 꽃나무에 너무 집착하며 지냈던 것 같다. 몇 해 전 쥐약을 먹고 죽은 애견愛犬을 보고 다신 동물을 키우지 않겠노라고 마음먹었을 때처럼, 앞으로는 어떤 일에 너무 집착하거나 얽매이지 말아야겠다는 생각이 들었다.

목련꽃이 탐스럽게 필 무렵, 몇 개 남은 화분을 차에 싣고 나무 한 그루 심겨 있지 않은 새집으로 이사를 했다. 그날부터 새벽마다 관악산 중턱에 있는 법륜사 약수터로 등산을 시작하였다. 산에 깔린 기암괴석들을 내 뜰의 정원석으로 생각하고, 그 많은 풀과 나무와 꽃이 피고 지는 산을 내 집 화단으로 생각하며 하루도 빠짐없이 아침 산을 올랐다. 그러다가 금년 초여름 뜻하지 않게 병원에 입원을 하게 되었다.

입원실에 쾌유를 비는 친지들이 보낸 화분이 몇 개 들어왔다. 10여 일 후 퇴원을 하면서 그 화분들을 집에다 옮겨 놓고 또 꽃나무에 마음을 쏟기 시작했다. 몸이 완전히 회복되지 않아 아침 등산은 자연 소홀해지면서 꽃가꾸기에 다시 취미를 붙이게 되었다. 꽃집 앞을 지나다 마음에 드는 꽃나무가 있으면 사들여 오기까지 한다. 사과 분재,

문주란, 종려나무 그리고 J형에게서 매분梅盆과 금송분金松盆도 얻어왔다. 이러다간 나 자신이 순수한 공유의 자연을 즐기는 것이 아니라 혼자만이 갖고 즐기겠다는 못된 사유욕私有慾에 사로잡히는 것은 아닌가 하는 생각이 들었다.

"어떤 일에도 얽매이지 않는 자만이 진실로 삶과 죽음의 고뇌에서 벗어난다〔一切無碍人 一道出生死〕"는 원효대사元曉大師의 《무애가無碍歌》처럼 얽매임에서 해탈할 수 있는 용단이 필요할 터인데, 그런 용단을 갖지 못함은 일개 범속한 필부이기 때문이 아닐까?

"삶이란 한 조각 뜬구름이 생기는 것이요, 죽음이란 한 조각 뜬구름이 걷히는 것이다. 본래 뜬구름이란 아무것도 가진 것이 없다〔生也一片浮雲起 死也一片浮雲滅 浮雲自體本無實〕"라는 옛 글과 같이 인생이란 공수거空手去하는 것인데, 왜 이렇게 조그만 일과 사물에 얽매이면서 연연해하는지 모르겠다.

내일은 마침 단풍이 한창인 휴일이기도 하니 어머님 묘소가 있는 공원묘지에나 가보리라. 그리고 많은 중생들이 쉬고 있는 묘지의 잔디에 앉아 붉게 물든 산 너머로 뭉게뭉게 흘러가는 뜬구름을 보며 술 한 잔에 〈본무실本無實〉 타령이나 해보아야겠다. 1978

# 회억의 크리스마스

　크리스마스를 앞둔 어느 날, 방에 들어서자 나의 시야에 언뜻 낯선 물건 하나가 들어왔다. 탐스럽게 푸른 상록수, 큼직큼직한 가지엔 노랗고 빨간 종이종과 파랗고 붉은 왕구슬이 수없이 매달려 있고, 그 위로 조화 있게 갖가지의 리본이 드리워져 있었다.

　크리스마스와 세모, 어느 골목에나 가득 메워 흐르는 크리스마스 캐럴과 선물 꾸러미를 든 선남선녀의 인파가 아니라도 우리가 자신을 보고 지난날의 회상에 잠기기에 참으로 알맞은 때다.

　크리스마스트리! 우리는 어느 때부터인가 많은 크리스마스트리를 보아왔다. 흔히 레스토랑 입구에 세워져 있는 푸른 나뭇가지에 5색 테이프가 드리워지고 그 위에 눈송이처럼 하얀 솜을 정성스럽게 붙여 놓은 트리 위에 섬광閃光이 명멸하는 화려한 크리스마스트리를 보았다.

그 어느 해였던가, 그러니까 고등학교를 졸업한 후 경제 사정 때문에 진학의 꿈을 이루지 못하고 방황하던 1954년의 겨울이다. 중학교 시절에 다정하게 지내던 기공섭이란 친구가 착잡한 마음도 달랠 겸 자기 고향에 와서 한겨울을 보내고 가라는 편지를 보내왔다.

나의 고향에서 그곳까지는 약 80킬로미터나 되는 먼 곳이었다. 괴나리봇짐을 싸 짊어지고 초겨울의 거센 해풍을 쐬며 나룻배를 타고 육지에 닿았다. 어머님에게는 친구 집에 가 독학으로 고등고시 공부를 해보겠노라 말씀드리고 떠났으나, 뚜렷한 목적이 설정되어 있었던 것도 아니었다. 여수에서 순천까지는 요행히 생선을 실은 트럭의 신세를 질 수 있었지만, 순천에서 곡성군 목사동면이라고 하는 곳까지의 100여 리 길을 갈 것이 여간 난감하지 않았다. 휴전 후 한때 유류파동이 일어나 모든 차량들이 연휴에 들어갔을 무렵이라 더욱 그랬다. 주암이란 곳에서 다행히 목사동면까지 가는 달구지가 있어 짐을 달구지에 실으니 한결 발걸음이 가벼웠다. 그곳에 도착하니 겨울밤도 깊어 몇 집의 창문에서 희미한 등잔불 빛이 새어나올 뿐 칠흑 같은 야음이었다.

아침 햇살을 받으며 일어난 용봉이란 마을은 참으로 조용하고 아름다운 마을이었다. 뒤로는 소백산맥의 끝줄기라는 금산이 수려하게 병풍처럼 둘러싸여 있고 옆으로는 심산에서 흐르는 맑은 개울이 작은 여울을 이루며 흘렀다. 마을 어귀를 나서면 기름진 옥답玉畓이 사행蛇行의 논두렁을 이룬 채 펼쳐져 있고 그 가운데를 섬진강으로 흐르는 실개천 위에 나무다리가 놓여 있고, 그 왼편에 물레방아가 있으며, 다리를 건너면 조그마한 종각이 있는 초가지붕의 교회가 있었다.

나는 그곳에 머물면서 물레방앗간과 교회를 자주 찾았다. 그리워지는 사람이 불현듯 생각날 때, 외로움이 여미어올 때, 한없는 고요가 나를 나태하게 만들 때, 나는 물레방앗간으로 뛰어갔다. 자신의 몸에 새파란 물을 한아름씩 안고 밑으로 떨어졌다가 다시 솟고 또 떨어졌다간 다시 솟으면서 힘차게 외치는 노호怒號, 가느다란 비말飛沫을 날리며 지칠 줄 모르고 돌아가는 거센 의지, 시지포스 신처럼 크나큰 고역을 감내하며 한 바퀴 또 한 바퀴 돌고 도는 물레방아에서 나는 한없는 인고忍苦의 철리哲理를 터득했다.

며칠 후로 다가올 크리스마스 이브 준비를 하느라고 그 조그마한 마을은 온통 축제처럼 들떠 있었다. 6·25사변 이후 지리산에서 출몰하는 빨치산들 때문에 3,4년 동안이나 크리스마스를 즐기지 못하였던 이 마을 사람들에게는 얼마나 기다렸던 날이었겠는가!

창호지를 사다 잘라서 끝과 끝을 잇고 물감을 사다 빨

강, 파랑, 노랑 물감을 들여 테이프를 만들었다. 또 한편에 선 뒷산에 올라가 탐스러운 소나무 한 그루를 파다가 크나큰 떡시루에다 옮겨 심고 예쁜 카드들을 손으로 그려 소나무 가지에다 걸고 삼색 테이프를 늘어뜨리고 흰 솜을 얹었다. 거기다 어디서 구하였는지 금종이 은종이로 만든 큰 별들을 매달아 놓으니 훌륭한 크리스마스트리가 되었다.

크리스마스 이브 날이 왔다. 모두들 저녁을 일찍 지어 먹고 교회로 모였다. 댕기머리 처녀들과 더벅머리 총각들이 정성을 들여 만들어 놓은 크리스마스트리 주위에 수십 개의 촛불을 켜니 참으로 현란하였다. 경건한 기도로부터 예배가 시작되었다. 조그마한 풍금 앞에 단발머리 처녀가 수줍은 듯이 앉아 〈구주 예수 나셨다〉의 찬송을 독주한다. 목사님의 설교가 끝나고 모든 사람들은 찬송가 340장을 소리 높여 합창한다.

"험한 시험 물속에서/ 나를 건져주시고/ 노한 풍랑 지나도록/ 나를 섬겨줍소서". 이어서 백발이 성성하신 장로님께서 간절한 기도를 드린다. 같은 민족이 같은 민족을 죽이는 민족적 비극이 하루속히 끝나고 이 마을에 영원한 화평을 주시며 궁핍과 핍박에서 벗어나게 하여 달라는 목멘 기원이 이어지고 있는데, 어디선지 몇 방의 총소리가 산 메아리를 타고 들려왔다.

물레방아가 돌아가던 그 마을과 원정元亭교회의 크리스마스트리는 지금도 잊을 수가 없다. 유독 고인이 되었을 장로님의 가슴에 맺힌 기도 소리는 지금도 나의 귀를 스치고 지나간다. 이 민족의 통일을 그렇게도 염원하시던 그 목멘 음성이……

이제 나는 크리스마스트리에 둘러서서 불렀던 찬송가도 잊어가고 있다. 손에 파랑 물감이 들어 씻기지 않는다고 울상을 하던 처녀도, 소나무를 송두리째 뽑아 둘러메고 온 우람한 총각의 얼굴도 모두 잊어가고 있다.

그러나 나는 왜 산 너머에서 들려온 총소리와 통일을 염원하던 그 음성은 잊지 못하고 있을까? 1975

# 강물이 흐르는 한촌閑村

나는 피천득 선생의 《수필》이란 문고본 제일 첫머리에 나오는 〈인연〉이란 글을 가끔 읽는다. 거기에는 피 선생이 동경에 가서 세 번 만났던 아사코朝子의 이야기가 수채화의 담색처럼 잔잔하게 깔려 있다.

첫 만남은 아사코가 초등학교 1학년이었던 때고, 두 번째는 대학 3학년, 세 번째는 또 10년 후 일본인 이세二世 미국인과 결혼한 후였다. 피 선생은 아사코에게 준 동화책 겉장에 있는 뾰죽 지붕에 뾰죽 창문들이 있는 작은 집에서 같이 살자던 20여 년 전 아사코의 어린 목소리를 회상한다.

그리곤 "그리워하는데도 한 번 만나고는 못 만나게 되기도 하고 일생을 못 잊으면서도 아니 만나고 살기도 한다. 아사코와 나는 세 번 만났다. 세 번째는 아니 만났어야 좋았을 것이다"란 후회로 끝을 맺는다.

몇 년 전, J여사의 동생에게서 전화가 왔다. 언니가 한국에 왔는데 한번 만나 보지 않겠느냐는 것이다. 나는 사무실 근처에 있는 커피숍에서 만나자고 하였다. 아마 못 본지가 35년쯤 되었나 보다.

그녀는 내가 중·고등학교를 다녔던 순천시에 살았다. 그때 자주 들르던 친구 집 길 건너에 살고 있었다. 부유한 집 맏딸이었다. 얼굴도 예뻤지만 세일러복을 입은 옷맵시가 참으로 정갈하게 보였다. 그녀의 할머니는 내가 기식寄食하고 있던 용화사란 절의 보살이셨고 내 친척 형이 그녀가 초등학교 6학년 때 담임이었다.

고등학교 1학년이 되던 해 봄이었다. 그녀의 담임이었던 형 내외가 오리정에 있는 딸기밭에 가자고 하였다. J양도 같이 가기로 했다는 것이다. 그 당시는 6·25전쟁 중이라 딸기밭에 가 딸기추렴을 한다는 것은 호사스러운 나들이며 회식이었다. 그날 나는 형수가 그렇게 강권했는데도 가지 않았다.

화사한 봄날에 걸맞지 않은 내 모습이 싫었다. 단벌 교복인 나에게는 입고 나갈 외출복도 없었고 동자승 비슷하게 절밥이나 얻어먹는 주제에 딸기추렴이란 격에 맞지 않았기 때문이다. 그러나 그날은 무척이나 시간이 더디 갔고 외로움이 덧붙여졌던 날이었다. 나는 그때 〈얄궂은 심사心思〉라는 넋두리 시 한 편을 남겼다.

뒷동산에 올라가 강가를 바라보니

사람 마음 낚으려는 버들강아지 싹이 트고

봄의 여왕 진달래는 웃음을 보내건만

진달래꽃 꺾어 차는 얄궂은 심사,

－ 1951년 3월 20일 용화사 법당에서 －


빛바랜 노트에 쓴 이 치기어린 글 한 편이 그날을 말해 주고 있다.

그 후 고등학교 3학년 때였던 것 같다. 매곡동梅谷洞 이수천二水川 강변가에 있는 조그마한 초가집에 방 한 칸을 얻어 자취를 하고 있었는데, 친구의 누나와 같이 J양이 찾아왔었다. 그때 그들이 왜 나를 찾아왔는지 그 이유는 지금도 알 수 없다. 단지 뒷마당에 있는 낙엽 진 감나무 밑에서 오래도록 서 있었다는 것과 우리가 서 있는 곳에 높이 쌓인 볏단이 있어 북풍을 막아 주었다는 기억이 어슴푸레하게 생각날 뿐이다.

고등학교를 졸업할 무렵, 그녀가 서울로 유학을 간다는 소문이 들렸다. 나는 그녀의 졸업식 때 당시 유행하던 졸업 축문을 써서 우편으로 보냈다. 짤막한 시를 써서 보냈던 것 같다. 나도 졸업을 하자 시골로 내려갔다. 무엇 하나 손에 잡히지 않는 실의의 하루하루였다.

나는 울분과 무료를 달래기 위해 낚싯대를 들고 바닷가

에 나가 낚시를 하거나 돛배를 타고 바다로 나가 줄낚시를 하기도 했다. 수평선에 황혼이 내리면 바닷물은 붉게 물들고, 젊음은 내 가슴을 용광로처럼 온통 불붙게 했다.

그럴 때면 그녀가 생각났다. '나는 좌절해서는 안 된다. 그녀와 대등한 위치에 달해야 한다. 그 길만이 내 삶의 보람을 누릴 수 있다'는 경쟁심 같은 것이 불현듯 솟구쳤다.

나는 서울로 가기로 했다. "너의 아버지는 무일푼으로 현해탄을 건너가 생활 터전을 잡았는데……"하는 어머님의 말씀이 용기를 북돋았는지도 모른다.

고등학교를 졸업한 이듬해 대학에 입학하였다. 입학금은 아버님의 유산인 산을 팔아 간신히 마련하였고 생활은 친구의 자취방에서 식사당번을 해주며 겨우 지낼 수 있었다. 그러던 어느 날 J양이 만나자는 전갈이 왔다. 우리는 남영동에 있는 전원다방에서 만났다. 그녀는 다소곳이 고개를 숙이고 앉아 있었다. 음악의 볼륨이 높았던 것 같다. 많은 노래들이 흘렀다. 〈다뉴브 강의 잔물결〉의 은은한 멜로디와 〈베사메 무초〉가 몇 번 되풀이되었던 것 같다.

나는 그때 알베르 카뮈의 《시지프의 신화》에 대한 이야기를 하였던 것 같다. 인간은 참으로 살 만한 가치가 있는 것일까. 자살·부조리·반항 등 그때 풍미했던 언어들을 구사하면서 자살이 모든 것을 해결할 수 있을까 하는 의문을 제기하기도 했다. 그러나 이런 모든 번뇌와 부조리에서

탈출할 수 있는 길은 사랑이라는 말은 하지 못했다.

한동안 침묵을 지키고 있던 그녀는 조용히 수녀가 되고 싶다는 말을 했다. 나는 변호사가 되어 억울한 사람을 돕 겠다고 했다. 그리고 엉뚱하게도 나는 그녀에게 수녀생활 을 하는 데도 돈이 필요할 테니 도와주겠다는 말을 했다. 지금도 나는 그때 내 마음의 진의를 잘은 모르지만 아마 그것은 그녀와 비교할 때 나의 경제력에 대한 열등감과 가난 때문에 일어난 비비 꼬인 심기의 발로였을 것이란 생 각이 든다.

그러고 나서 한 2년이 흘렀다. 그녀의 사돈 되는 친구의 전갈로 S시의 다과점에서 그녀를 만났다. 결혼을 하게 될 것 같다는 것이었다. 그 말의 여운이 자신에 찬 자랑스러 움 같기도 하고 어설픈 번뇌 섞인 음성 같기도 했다.

그리고 그녀는 얼마 후 결혼을 했고 시집을 따라 이민 을 갔다는 소식을 들었다. 그 후 오랜 세월이 흘렀으나 어 떻게 살고 있을까 하는 궁금증은 가시지 않았다. 그래서 만나게 된 그녀는 그 옛날 전원다방에서 만났을 때처럼 수줍어하지도 않았고 S시의 다과점에서처럼 두리번거리거 나 초조롭지도 않았다. 정숙하면서도 침착함이 초로初老의 여유로움을 말해 주었다.

그녀는 딸 둘을 시집보내고 외손자가 셋이며 사위들이 건강하고 착실하다고 했다. 나도 며느리가 착하다는 이야기며 손녀가 있다는 말을 했다. 우리는 자식과 며느리, 딸과 사위, 손자손녀의 이야기로 시간을 이었다.

그러나 그녀는 남편의 이야기는 하지 않았다. 나도 아내의 이야기는 하지 않았다. 테이블 위에 놓인 차는 다 식어 있었다. 우리는 "건강하세요"라는 짤막한 인사말과 눈인사를 나누며 헤어졌다. 나는 그때 인생은 살 만한 가치가 있다는 생각이 들었다. 그녀와 만났던 20대의 정열은 식었지만 또 20년 후 귀여운 증손자들의 이야기를 나눌지라도 옛 사람과의 만남은 즐거운 것이다. 그것은 또 하나의 희망이기 때문이다. 어슴푸레하게 그녀가 찾아왔던 그 옛날 강물이 흐르는 한촌이 떠올랐다. 1993

# 서리꾼 시절

사람이란 나면서부터 선한 것이었느냐, 아니면 악한 것이었느냐는 것 때문에 성선설性善說과 성악설性惡說이 생긴 것 같다. 그런데 인간은 본래 나면서부터 선하기보다 악한 것이 아니었는가 하는 의문을 지닐 때가 많다.

선하다기보다는 좀 장난스럽고 남이 싫어하는 짓을 하고 난 다음에는 통쾌감 같은 것이 온몸을 짜릿하게 하여주지만, 내 딴엔 착한 일을 하였다고 한 다음의 뒷맛은 어쩐지 위선僞善을 한 것 같은 어색함이 입안을 씁쓰름하게 하여준다.

내가 장난기 섞인 서리꾼의 한패가 되어 밀밭과 고구마밭과 과일나무 사이를 누비던 시절도 이젠 돌아올 수 없는 지난날이 되고 말았다.

우리 가족은 해방 전해 4월 일본에서 귀국하자 순천시에서 20킬로미터쯤 떨어진 승주군 별량면 가동이란 곳에서 농사를 짓고 살았다. 약삭빠른 일본 아이들과 전쟁놀이로 날을 보내며 지내던 10여세의 나에겐 돌아온 고국이 어쩐지 정다웠다.

이른 아침에 새벽밥을 먹고 구룡九龍이란 역에서 기차를 타고 벌교남초등학교로 통학을 했다. 공부래야 일제 말엽이라 소나무 관솔을 따거나 풀을 베어 퇴비증산을 하는 짓들이었는데, 그보단 나는 하학길에 몇 친구들과 어울려 신바람 나는 일을 가끔 했다.

학교가 있는 벌교에서 집까지는 20리쯤 되었는데, 도중에 기차를 타고 오자면 긴 굴이 있고 걸어오자면 산고개가 하나 있었다. 그 산고개를 막 넘으면 양지 바른 비탈진 밭에 잘 가꾸어진 보리와 고구마가 우리들의 호기심을 끌었다. 잔디가 깔려 있는 묘터 가장자리에 책보를 풀어 자리를 잡고 한두 놈은 산으로 올라가 가래나무를 해오고 나머지는 밭으로 내려간다. 밀 서리 때는 밀을, 보리 서리 때는 보리를 꺾어오는데, 완전히 익은 것은 맛이 없기 때문에 좀 덜 익은 것을 꺾어온다. 꺾어온 밀과 보리를 모닥불에 구워서 고사리 손으로 비벼 후후 껍질을 불어버리고 먹는 그 맛은 참으로 구수하다. 그 당시는 공출에 시달려 식량난에 허덕이던 때라 더욱 맛이 있었던 것 같다. 나는 인적이 드문 그 고개를 넘나들며 해방이 되던 때까지 고구마 서리 때면 고구마를, 그리고 목화꽃이 떨어지고 조그마한 목화열매가 맺혀 작은 호두알만큼 커지면 그것을 따 껍질을 벗기고 그 속의 하얀 솜을 씹으면 단물이 나온다. 이 목화 다래의 맛은 한여름의 소나기처럼 갈증을 달래주었다.

해방이 된 후 우리 집은 여수항의 나루 건너에 있는 돌산이란 섬으로 이사를 갔다. 그곳은 갖가지 과수원과 특용작물을 많이 재배하는 고장이어서 꼬마 서리꾼들이 서숙棲宿하기에는 참으로 안성맞춤의 낙토樂土였다.

그해 여름 배梨 서리로부터 시작된 서리꾼들의 작전은 그때그때의 미각에 따라 항시 유동적이고 계획적이었다. 낮에 주낙배를 타고 나가 고기 마리라도 낚은 날이면 배에다 솥을 걸어 놓고 서리해온 고구마를 쪄서 곁들여 먹는 생선국 맛이란 천하일미다.

복숭아 서리만은 비바람 치는 날이나 과수원 주인 할아버지가 출타한 날을 택했다. 복숭아집은 여간 감시가 심할 뿐만 아니라 동네 개들은 모두 우리들과 친한 바가 되어 아무리 늦은 밤중이라도 짖지 않는데, 진도에서 가져왔다는 그 집 개만은 요란하게 짖어 댔기 때문이다.

봄이 되면 우리는 딸기 서리부터 시작한다. 어느 해 딸기가 거의 익어갈 무렵, 보리 마당에서 공을 차고 난 다음 딸기 서리 계획을 세우고 저녁을 먹은 후 우리 집에 모이기로 하였다.

초저녁달이 갈뫼봉에 떠오를 때쯤, 딸기집 아주머니가 나를 찾아왔다. 그분은 머리에 이고 있던 큰 광주리를 마루에 내려놓고 공부하면서 심심할 터이니 딸기나 먹으라면서 뒤도 돌아보지 않고 돌아갔다.

그날 밤 우리는 서리꾼의 한패인 임 군을 '기밀누설죄'란 죄목으로 제명처분을 시켰는데, 그는 울면서 잘못했노라고 애원을 했다.

서리꾼 패거리들은 거의가 동년배였으며 그리고 거의 과수원이나 토마토밭이나 참외밭을 가지고 있었기 때문에, 자기 집 과수원을 습격하는 날에는 오히려 습격을 손쉽게끔 안내하는 역할을 하게 되어 있었다.

그러나 임 군은 자기가 피땀 흘려 가꾸어 놓은 딸기밭이 서리꾼들의 무자비한 발끝에 짓밟혀 3년 동안이나 힘들였던 농사를 망쳐버릴 것을 염려하여 자기 딴엔 묘안을 강구한 것이다.

다른 과일 등은 좀 덜 익은 것도 먹을 수 있고 또 피해가 덜하지만, 딸기만은 선 것은 버리게 되고 또 서리꾼이 한번 스쳐 가면 짓밟혀서 그해 농사는 버리게 된다. 때문에 불가피하게 어머니에게 일러바쳤을 것이라는 이유로 그 후 임 군은 복권復權이 되었다.

서리꾼들에겐 겨울이란 지루할 정도로 무료한 계절이다.

고등학교에 다니던 어느 해, 겨울방학이 되어 고향에 돌아오자 옛날부터 어울렸던 서리꾼들이 집으로 몰려왔다.

서북풍이 몰아치는 섬 머슴애들의 겨울은 아침에 바다에 나가 문어文魚단지나 들어 올려 몇 마리의 문어를 잡아 시장에 보낸 다음에는 할 일이 없다. 저녁이 되어도 서리할 것이 없기 때문에 화투놀이나 윷놀이를 가끔 하지만 밤이 깊어 가면 입이 궁금해진다.

그럴 때 어느 친구가 닭서리를 하러 가자고 제안을 했다. 여학교에 다니는 K양의 부모들은 친척집 결혼식에 가고 오누이만 있으니 문제없다고 K양의 육촌오빠가 맞장구를 치는 것이다. 그리고 최일선 행동대원으론 내가 적격이라고 중론이 모아졌다. K양이 나를 좋아한다는 뜬소문 때문에 장난기 섞인 친구들이 나의 반응을 보기 위한 짓궂은 심술 같은 것이 작용한 것이다.

나는 칠흑 같은 야밤에 대밭길을 지나 K양의 집 닭장문을 살그머니 열고 횃대 위에 앉은 큰 장닭을 안았다. 방 안에서 부르던 노랫소리가 뚝 그치고 "누나, 꼬꼬꼬 하고 닭소리가 나" 하곤 창문을 여는 소리를 듣고, 나는 "걸음아 날 살려라"고 내리막길을 힘껏 내달렸다.

그 후 "형두가 K양의 집닭을 잡아먹었다"는 소문이 동네에 퍼졌고, 얼마 있지 않아 K양네 집은 이사를 갔다. 그런데 며칠 전 우연히 K양의 남동생을 만나 K양이 결혼해서 강원도 어느 어촌에서 산다는 말을 듣고, 몇 년 전 와

우아파트 사고의 사망자 명단에 나온 그 이름이 그녀가 아니었던 것이 다행이라고 생각되었다.

딸기가 담긴 광주리를 가져다주시던 임 군의 어머님도, 아끼던 장닭을 훔쳐간 나의 머리를 쓰다듬어주시던 그 K 양의 아버님도 이젠 다 돌아가시고 이 세상에 계시지 않는다.

원양어선을 탄다는 순원이, 목수가 되었다는 종남이와 종진이 그리고 장사를 한다고 부산행 여객선을 타고 떠나갔다는 일태, 그 천진스러웠던 친구들, 탐욕보다는 양보를 앞세우고 자신의 희생 속에서도 친구의 성공을 빌어주던 그 우정 어린 서리꾼들이 몹시도 보고 싶다.

이제 인정도 메말라 짓궂은 장난으로 이유 없는 반항심을 발산하던 서리꾼들에 대한 관용의 관습도 사라져버린 지 오래다.

나는 번뇌와 욕심이 없는 무구삼매無垢三昧의 어린 시절을 잃어버리고 위선과 가면의 무도장 같은 현세에 영합하며 무기력하게 어영부영 살아왔다.

유독 밀도 짙은 고독이 나를 엄습할 때면 서리꾼 시절의 그 친구들이 한없이 그리워진다. 1975

# 선사禪師의 설법說法

〈짝사랑〉이란 노래를 나는 즐겨 부른다. 이 유행가의 작사자나 작곡가가 누구인지는 모르지만, 술이 거나해지면 신나게 한 곡 뽑는다. 그래서 우리들이 모이는 모임의 이름도 〈짝사랑〉의 첫 구절에 나오는 '으악새'로 명명하였다. 아직 이지러진 조각달과 같은 나이는 아니지만, 짝사랑이란 현실에서 찾기보다 지난날의 추억에서 찾는다. 누구인가 사랑하지 않고는 못 배기는 그 심사心思를 나는 곧잘 이 〈짝사랑〉이란 노래로 달랜다.

사랑은, 서로 어울려 좋아하는 공동애共同愛인 필리아와, 남녀 간에 주고받는 이성간의 상대애相對愛인 에로스와, 주는 것으로 만족하는 절대애絶對愛인 아가페로 구분하기도 한다. 그렇다면 짝사랑은 아가페다. 그리고 짝사랑은 한恨이며 영원이다. 그래서 가슴 깊이 서려 있고 지우려 해도 지워지지 않는 아름다운 영상映像이다. 또한 짝사랑이란 맹목이며 희생이다. 그래서 짝사랑이 아닌 사랑은 타산이며 상거래처럼 이루어지는 치사스러운 장사다.

나는 고등학교 시절에 한 소녀를 사랑하였다. 나와는 너무나 성장과정이 달랐던 그녀가 졸업하던 날 기나긴 축하의 편지를 보냈으며, 그녀가 대학에 입학하였다는 소식을 듣고는 무척 기뻐했다. 해심에 낚싯줄을 드리우고 고기나 낚는 신세가 되어버린 나와는 영영 만날 수도 없을 그녀의 행복을 빌었다.

10여 년 전에 모종의 필화사건筆禍事件으로 나는 감옥에 갇힌 몸이 되었다. 인간이 극한 상황에 달하면 제일 절실하게 요구되는 것은 사랑이다. 이 사랑의 갈망을 달래보려고 성서의 산상수훈山上垂訓을 하루에도 몇 번이고 되풀이 읽었다. 그러나 어느 한 인간에게 보내지는 짙은 상념은 지울 수가 없었다.

해가 뉘엿뉘엿 금계산金鷄山 돌바위 너머로 사라지고 어둠이 서서히 깔리기 시작하면, 육체적인 고통보다 몇 배가 되는 그리움이 밀물처럼 가슴에 밀어닥쳤다. 그럴 때면 나는 차가운 마루방에 무릎을 꿇고 눈을 감은 채 한용운韓龍雲 선생의 〈선사禪師의 설법說法〉이란 시를 외었다.

나는 선사禪師의 설법을 들었습니다.
"너는 사랑의 쇠사슬에 묶여서 고통을 받지 말고 사랑의 줄을 끊어라. 그러면 너의 마음이 즐거우리라"고 선사는 큰소리로 말하였습니다.

그 선사는 어지간히 어리석습니다.

사랑의 줄에 묶이운 것이 아프기는 아프지만, 사랑의 줄을 끊으면 죽는 것보다도 더 아픈 줄을 모르는 말입니다.

사랑의 속박은 단단히 얽어매는 것이 풀어주는 것입니다.

그러므로 대해탈大解脫은 속박에서 얻는 것입니다.

임이여. 나를 얽은 임의 사랑의 줄이 약할까봐서 나의 임을 사랑하는 줄을 곱 드렸습니다.

아홉 자 벽돌담 위로 아무런 받음도 없이 보내는 사랑, 이런 순수한 사랑을 또 한 번 가져볼 수 있을까? 1978

# 한복의 세계

옷이 날개다. 김국환의 〈타타타〉에서처럼 사람은 날 때 벌거숭이로 태어나 옷 한 벌 걸친 것만으로도 살 만한 세상인지 모른다.

그런데 한 벌 걸친 그 옷이 사람의 사상이나 인격에 지대한 영향을 주는 경우가 많다.

한복을 즐겨 입던 김구 선생이나 조만식 선생은 한민족으로서의 지조를 꿋꿋하게 지키다 돌아가셨다. 한복과 양복을 번갈아 입으면서 독립운동을 하였던 이승만은 서구적 실용주의 탓이었는지 대의명분보다 현실 감각에 민감하여 자기의 실익을 위해서는 자기를 탄압하는 일본의 앞잡이들과 잽싸게 손을 잡고 정권을 잡았다.

지금이야 한복보다는 편리한 양복이 일반화되었지만 7,80년 전만 해도 한복을 즐겨 입는 사람과 양복을 즐겨 입는 사람들의 의식 구조가 판이했었다.

나는 어렸을 때부터 한복을 입은 할아버지가 무척 존경스러웠다. 두루마기의 긴 옷고름을 늘어뜨리고 향교 출입을 하시던 할아버지에게, 양복에 넥타이를 매신 아버지보다 어쩐지 친근감이 갔다.

마고자 차림으로 중학생인 나를 무릎 꿇려 앉힌 다음, 대나무 궤 속에 가득 찬 목활자로 인쇄된 파평坡平 윤씨 족보를 내놓고 손자에게 보학譜學을 강론하시던 그 존엄한 자태가 한복의 위풍으로 더 돋보였던 것 같다.

그렇게 선망의 대상이었던 한복을 결혼할 무렵 어머님이 한 벌 지어 주셨는데, 광목 바지저고리에 어머님이 손수 짜신 명주 두루마기의 소박한 것이었고, 결혼 때 처가에서 받은 한복은 비단으로 호박단추까지 단 호사스러운 것이었다. 아버님 기일이나 제를 올리는 설과 추석 때면 어머님이 지어 주신 한복을 즐겨 입었고 평상시에는 비단으로 된 한복을 입었다.

나들이할 때는 한복이 번거롭지만 집에서 손님을 맞을 때나, 윷놀이나 가끔 만져 보는 화투놀이를 할 때는 편하기 그지없다.

20여 년 전 《다리》지 필화사건이란 것으로 서대문교도소 신세를 졌다. 그때 푸른 죄수복을 입고 있다가 1주일쯤 후 한복 솜 바지저고리 한 벌이 차입되었는데 그렇게 기쁠 수가 없었다. 나는 그날 밤 한복을 입고 두 평 남짓한 독방을 서성거리며 잠을 이룰 수가 없었다. 내가 들어 있던 방이 이승만 박사가 들어 있었던 방이라고도 하고 또 죽산 조봉암 선생이 옥고를 치렀던 방이라고도 했다. 그래서인지 내가 대단한 정치범인 것 같은 착각에 빠지기도 하였는데, 한복을 입고 나니 더욱 혁명가 같기도 하고 민주투사 같기도 하다는 생각에 사로잡혔다.

면회 한번, 목욕 한번, 변변한 운동 한번 해보지 못하고 독방생활 100여 일과 몇 차례의 검사취조 또 재판을 거치면서도 비굴하지 않았던 것은 조국의 독립을 위해 목숨을 초개같이 버렸던 독립투사와 민족지도자들이 입었던 한복의 정신이 나에게도 작용하였던 탓이 아닐까.

지금도 나는 집에서 한복을 즐겨 입는다. 겨울에는 서대문 교도소에서 입었던 바지저고리를 꺼내 입는다. 그때의 고통을 잊어버리거나 수없이 다짐했던 결심들을 망각의 늪으로 빠뜨리지 않기 위한 각오에서이기도 하지만 입고 있으면 편안하고 어머님의 품속같이 포근해서다.

여름이면 누런빛을 띤 삼베 한복을 꺼내 입는다. 소매 끝이 말리기도 하고 바짓가랑이가 주름 잡혀 덩실하게 허리춤으로 말려 오르기도 하지만, 창문에 발을 걸치고 갈대 돗자리에 앉아 독서삼매경에 잠길 때면 무릉도원이 어딘가 할 정도로 선경에 빠진 듯한 기분에 젖는다.

그러다 태극선을 손에 들고 녹음이 우거진 정원을 거닐

어 보기도 하고 지하 서고에 가득 찬 한적에서 풍겨 나오는 몇 백 년이 지난 책 냄새를 맡기도 하며 그 숱한 선비들의 낭랑한 독경 소리가 들리는 듯한 서가 사이를 거닐다 보면 내가 입고 있는 한복이 한결 제격이구나 하는 생각이 든다.

나에게는 한복이 정신이요 지조다. 그리고 수백 년 내려온 조상의 넋이요 할아버지의 교훈이다.

화학섬유로 만든 옷에 가려진 몸을 부지하고 있는 현대에 살면서 무명 한복을 입고 즐길 수 있다는 것이 얼마나 행복한가.

무명 치마저고리를 입고 곱게 빗질한 머리에 은비녀 꽂고 화사하게 웃고 서 있는 어머님의 영상이 6월의 태양 아래 눈부시게 떠오르는 것도 한복의 혼이 나의 눈을 번쩍 뜨이게 함이 아닐까. 1992

# 멋있는 여인상

우리는 많은 아름다운 여인을 본다.

긴 여행을 하는 동안 차창에 기대어 석별의 아쉬움을 달래는 듯한 그 애수哀愁 띤 아름다운 여인을 본다.

호숫가에 다정한 연인과 나란히 앉아 밀어를 속삭이는 귀여운 여인을 우리는 본다.

사이클을 타고 통일로 아스팔트 위를 파란 머플러를 휘날리며 질주하는 젊고 발랄한 여인을 우리는 본다.

그리고 무더운 여름날, 남이섬을 돌아가는 모터보트 위에서 젊음의 찬가를 합창하는 그 명쾌하고 생동하는 여인을 우리는 본다.

우리는 거리에서, 다방에서, 비어홀이나 레스토랑에서 그 많은 아름다운 여인들을 본다.

그러나 그 많은 아름다운 여인들 속에서 나는 멋있는 여인을 접하기보다는 항시 멋있는 여인을 동경해왔다.

멋이란 인공적인 상태가 아니라 자연스럽게 풍기는 교양과 인격과 개성 등이 조화된 극치의 상태다.

그러므로 멋이란 생동하는 인간으로서 희구하는 최고의 것이며 멋쟁이란 찬사를 듣기 위해선 마치 수도승의 참선參禪처럼 오랜 수련을 요한다.

그러나 멋이란 스스로 선택하는 성질의 것이므로 보고 느끼는 쪽의 개성이나 취향에 따라 그 기준이 다소 달라질 수 있다. 즉 멋이란 어디까지나 추상적이고 관념적인 것이며, 어떤 전통적인 도덕관이나 인습因習에 구애됨이 없이 자연스럽게 변혁되는 것이므로 어떤 틀이 짜여져 있는 것은 아니다.


고요한 밤에 전기스탠드 밑에 놓인 원고지의 칸을 메우며 글을 쓰는 여인.

호사스러운 친구들 모임에 수수한 한복을 입고 입가엔 조용한 미소를 담은 여인.

검은 베레모에 빨간 배낭을 메고 산정을 향하여 전력을 기울여 등반하는 여인.

열두 폭 병풍이 둘려 있는 방에 다소곳이 한복을 입고 사군자四君子를 치는 여인.

번잡한 시내버스나 간이철로를 달리는 열차의 차창에 기대어 붉은 크로스로 장정된 두툼한 책을 읽고 있는 여인.

사랑을 차지하기 위해선 너무나 이지적이고 근엄하여 벅찬 고뇌와 두려움을 수없이 겪어야 할 것 같은 여인.

또한 남편이나 애인을 위하여 자기 자신을 희생하거나 절망과 좌절에 빠진 그에게 용기를 북돋워주는 여인.

이러한 여인상에다가 인격과 교양의 세련미를 불어넣는다면 참으로 멋있는 여인상이 되지 않을까?

이것이 내가 바라고 동경하는 멋있는 여인상이라면 지난날의 멋있는 여인과 더불어 오늘도 그 어느 곳엔가 멋있는 여인이 있으리라……

단종이 세조의 힘에 밀려난 뒤 세조의 그릇된 처사에 분개한 나머지 절개를 지키며 상왕上王인 단종의 복위를 꾀하다가 참살을 당한 사륙신死六臣! 그분들 속에 자기 남편이 끼여 있지 않았다 하여 대들보에 목을 매어 죽었다고 전해지는 윤씨 부인의 죽음은 고귀한 죽음이며 그 부인이야말로 얼마나 멋있는 여인인가?

오늘날 남편의 부정이 아내의 바가지 때문에, 또한 남자 애인의 부패가 여성의 허영 때문에 자행되는 경우가 얼마나 많은가? 이러한 부정과 부패와 타락이 날로 팽배해가고 있는 세태에서 남편의 월급 액보다 많은 돈을 받고 즐거워하기보다는 남편의 부정을 책하는 여인. 얼마나 멋있는 여성인가! 그런 여인에 대하여는 아름다운 미모나 학벌이나 세련미를 따질 것 없이 멋의 극치의 모습이라 일컬어도 손색이 없을 것이다.

우리는 프랑스의 문학비평가며 2차 대전 중 레지스탕스의 중심인물이었던 베르코르의 작품 〈바다의 침묵〉에서 또 하나의 멋있는 여인을 발견할 수 있을 것이다.

베르너라는 음악가 출신인 독일군 장교가 미모의 젊은 조카딸과 함께 살고 있는 프랑스인의 집에 숙소를 할당받고 입주한다. 금발의 베르너는 독불獨佛 협조의 새로운 질서를 꿈꾸는 예절바르고 성실한 젊은이로서 정확한 불어를 구사하며 그 조카딸에게 갖은 노력을 다하여 접근하지만, 그녀는 바다의 침묵을 연상하며 끝까지 침묵으로 저항한다. 그녀에게 조국을 지키는 일은 오직 굴하지 않는 침묵을 지키는 길뿐이었기 때문이다. 베르너는 시간이 갈수록 그녀의 침묵에 대하여 호감을 갖게 되고, 나치의 의도가 프랑스 문명을 파괴하고 말살하려는 데 있다는 것을 깨닫자 나치에 대한 환멸과 실망을 안고 러시아 전선의 지옥행으로 떠나버린다.

이 여인은 평범하면서도 얼마나 강인하고 지혜로운 여인인가? 그녀는 침묵으로 조국을 지켰고 불의에 항거했고 더 나아가 적을 동지로 만들었지 않는가? 이 여인이 바로 현대적인 의미의 멋있는 여인상이 아닐까? 1975

# 6월의 만가輓歌

6월이 되면 어쩐지 슬퍼진다. 신록이 우거진 산을 오르거나 맑은 물이 졸졸 흘러내리는 계곡을 홀로 거니노라면 슬픔은 어느 틈에 내 눈 언저리까지 밀려온다.

지난 일요일, 애서가산악회 회원들과 같이 관악산 등반을 하면서도 나는 그들과는 멀리 떨어져서 〈비목碑木〉이라는 노래를 조용히 불렀다.

벌써 40여 년이 되어간다. 나는 중학교 1학년 때부터 40 킬로미터나 되는 먼 곳으로 기차통학을 했었다. Y시에서 새벽 5시 40분발 열차를 타면 나처럼 S시로 통학을 하는 학생들을 만나게 된다. 통학생들 중에 시발점에서 타는 타교 학생들은 여럿 있었으나 같은 농림중학교를 다니는 학생은 상급생 두 사람이 있었을 뿐 동급생은 한 사람도 없어 여간 쓸쓸하지 않았다.

그런데 터널을 두 개 지나면 만성리역이라는, 바닷가에

있는 간이정거장에 도착하게 되는데, 그곳에서 탑승하는 학생 중에 내가 다니는 학교의 동급생인 K라는 학생이 있었다. 나보다는 나이가 한두어 살 위인 것 같았는데 과묵하고 침착한 학생이었다.

그는 기차에 오르면 항시 내가 있는 객실을 찾아와 썰렁한 나무의자의 텅 빈 공간을 메우고선, 영어단어장을 펼쳐들거나 차창으로 지나가는 풍경을 묵묵히 응시하곤 했었다. 그러다 그는 3학년으로 진급할 무렵 S사범학교로 전학을 했다. 나는 그에게, 왜 친구인 내게 한마디 상의도 없이 혼자만 다른 학교로 옮겼느냐고 서운함을 이야기했다. 그러자 그가 조용히 이렇게 말문을 열었다. 우리가 중학교에 입학할 당시에는 6년제 농림중학교를 졸업하면 면사무소 같은 곳에 쉽게 취직을 할 수 있었지만 지금은 사정이 달라졌다는 것이다. 그러나 사범학교를 졸업하면 초등학교 선생으로 즉시 발령을 받을 수 있으니 가난한 집안 사정을 생각해서 그렇게 했다는 것이었다.

그가 학교를 옮긴 지 몇 달 되지 않아 6·25동란이 터졌다. 인민군이 물밀듯 밀려 내려오자 학도병으로 혈서지원을 하는 학생의 명단이 학교마다 게시판에 나붙기 시작했다.

그 무렵의 어느 날이었다. 통학차 안에서 김 군이 하학 후 순천사진관에서 만나자는 것이었다. 전쟁 중이라 뿔뿔이 헤어질지도 모르니 둘이 같이 기념사진이나 한 장 찍어두자는 것이었다.

그날 오후 우리는 함께 사진을 찍고 그 사진에 '友情(우정)'이란 글자를 새겨 넣었다. 그리고 그는 독사진도 하나 찍어 놓겠다며 거기에는 '追憶(추억)'이란 글자를 새겨 넣었다.

며칠 후 그는 함께 찍은 사진 한 장과 자기 독사진을 내게 주면서, 잘 간직하고 있어 달라는 부탁까지 덧붙였다.

그로부터 얼마 후 공산군이 계속 남하해오고 있다는 소문과, 2,3일 후면 휴교를 한다는 얘기가 떠도는, 뜨거운 햇볕이 내리쬐는 어느 오후, S시 법원 앞 광장에서 혈서지원을 한 학도병들의 환송식이 있었다. 단상에 일렬로 늘어선 학도병들은 어깨에 '필승'이란 띠를 두른 늠름한 모습들이었다.

나는 그 대열 속에서 김 군을 보았다. 그러곤 그 후 김 군을 거의 잊고 지냈다. 섬진강 하동 전투에서 전사하였다는 소식을 얼핏 들었을 뿐이다.

그런데 오랜 세월이 지난 요즘에 와서 어찌하여 나는 낡은 사진첩 속에 꽂힌 그의 사진이 보고파지고, 무심코 들었던 한 곡조의 노래가 내 마음을 이렇게 휘어잡는지 모르겠다.

그가 40여 년 전, 그때 벌써 나를 자신을 기억해줄 한 사람의 친구로 선택했던 것이라면 나는 그동안 그에게 많은 죄를 지어왔던 것이 아닐까? 그래서 6월이 되면 나는 "초연이 쓸고 간 깊은 계곡 깊은 계곡 양지녘에, 비바람 긴 세월로 이름 모를 이름 모를 비목이여……"로 시작되는 〈비목〉이란 가곡을 입 속에서 2절까지 되뇌며 까닭모를 슬픔에 젖는 것인지도 모른다.

그는 지금 초연이 쓸고 간 어느 깊은 계곡에서 이름 모를 전사戰士가 되어 비바람 긴 세월로 고향 바다를 그리며 잠들어 있을 것만 같다.

그와 내가 함께 찍은 사진은 이미 누렇게 빛이 바랬지만, 이제 '우정'이란 두 글자는 새롭게 내 검은 눈동자에 하얗게 아리도록 와 닿는다. 1986

# 5사상 29방

벌써 10년이란 세월이 흘렀는데 아직도 잊혀지지 않는 곳이다.

서대문구치소 영내 중간쯤에 위치한 회색 건물 2층, 동편으로 가장 끝방. 일제하에는 그 방에서 많은 독립투사들이 영어囹圄의 생활을 하였다고 한다. 심지어는 조봉암 선생도 그 방에서 옥살이를 하셨다는 말을 들은 것 같으나 그것은 그 방의 명성에 일종의 프리미엄을 붙이려는 내 허세일는지도 모른다. 그러나 유명한 영화배우가 사랑 때문에 갇혀 있었다든지 이데올로기의 희생이 된 많은 사람들이 그 방을 거쳐 간 것만은 사실인 것 같다.

그 방은 사람의 오고감이 가장 덜한 감방이다. 제일 서편에는 목욕탕이 있고 그 다음부터 1방이 시작되는데 14방과 15방 사이엔가에 아래층으로 내려가는 층계가 있다. 그 층계가 있는 복도 한복판에 책상 하나가 놓여 있고 그곳엔 항시 교도관이 앉아 있었다. 오른쪽 끝방인 29방은 여러 곳에 있는 사람들이 면회를 간다거나 출정을 할 때도 지나는 일이 없는 가장 후미진 곳이다. 나는 그곳에서 100여 일이란 나날을 홀로 사람을 그리워하며 지냈다.

나는 독립투사도, 사랑하지 못할 사람을 사랑한 죄인도, 또 국가가 용납하지 못할 사상을 가진 자도 아니었다. 단지 어느 문학평론가가 학생들의 현실참여 문제를 다룬 글 한 편을 내가 주간으로 있는 잡지에 게재하였다는 일 때문에 어처구니없게도 그 방에 갇힌 몸이 되었다.

깜깜한 밤중에 철창문이 열리고 누구의 손엔가 떼밀리어 들어간 그 방을 나는 왜 대선사의 좌선장坐禪場인 양 잊지 못하는 것일까?

그 심한 혹한도 막아주지 못한 창틀에 걸려 있는 너풀너풀한 비닐 조각.

아래층으로 곧바로 떨어지는 대소변 관을 통해 올라오는 역한 냄새, 온 벽에 빠끔한 틈도 없이 이곳저곳 써 놓은 증오의 글발들―.

나는 그 벽 위에 내 키에 맞추어 선 하나를 긋고 거기다 담당검사의 이름을 써 놓았다. 그러곤 그 선을 향해 발차기 운동을 시작하였다. 옥살이를 하는 동안 건강을 유지하기 위한 수단이기도 했지만 추위를 떨쳐버리기 위해선 가능한 한 몸을 많이 움직여야 한다고 생각했다.

복도를 통하여 야릇한 냄새가 스며든다. 소금에 절인 배추나 무잎을 끓인 해괴망측한 국 냄새다. 이 냄새가 사방舍房을 온통 덮으면 식구통食口通 문이 열리고 콩보리밥 한 공기와 냄새가 역한 국 한 그릇과 장아찌 몇 점이 담긴 쟁반을, 얼굴은 보이지도 않는 손이 쑥 밀어 넣고 간다.

그때쯤이면 변기통을 통해 털이 듬성듬성 빠진 늙은 쥐 한 마리가 어슬렁어슬렁 내 앞으로 다가온다. 나는 그 쥐에게 밥 한 술을 국에 말아 방바닥에 놓아준다. 쥐는 아주 천천히 고개 한 번 들어보지 않은 채 그것을 다 먹고 뒤돌아 왔던 곳으로 가버린다. 어느 외로운 수인囚人이 길들여놓은 착한 쥐였나보다.

그러곤 나는 화장실(합당한 명칭은 못 되지만) 창틀이 있는 아주 좁은 공간에 퉁퉁 불은 콩보리밥 몇 알을 얹어 놓는다. 그러면 낮에는 참새들이 쪼아가고 밤에는 애련하다고 할까 섬뜩하다고 할까 별로 상서롭지 못한 소리를 내는, 조봉암 선생의 아호가 붙은 죽산조竹山鳥라는 새가 쪼아 먹고 간다는데 나는 그 새를 한 번도 보지는 못했으나 소리만 몇 차례 들었다.

그 방에 갇힌 지 한 달쯤 되던 어느 날, 검사가 부른다고 하여 서소문에 있는 법원 대기소로 끌려갔다. 무슨 큰 죄를 지었다고 수갑을 채우고 포승으로 팔·어깨·허리 등을 몇 겹으로 묶은 다음 또 다른 사람들과 함께 영광굴비

엮듯 엮어서는 일렬로 줄지어 출정차出廷車를 기다려 타게
하고 내리게 하는 등 마구 다뤘다. 아직 재판도 받지 않고
죄가 있는지 없는지도 모르는 미결수未決囚를 이렇게 다룰
수 있는 것인지, 참으로 울화통이 터질 일이었다.

　나는 반평 정도 되는 비둘기장이라 불리는 곳에 갇혔
다. 지나가는 수인들이 조그만 시찰통으로 눈길을 모으며
가슴팍에 빨간딱지를 붙인 것을 보고 "간첩이다, 간첩" 하
고 수군거리며 지나갔다.

　하루해가 거의 다 간 것 같은데도 검사는 부르지 않고
인기척도 서서히 사라지고 적막이 흐르기 시작하였다. 빛
과는 완전히 차단된 곳이었지만 바깥에도 어둠이 깔려오
고 있다는 느낌이 들었다. 또 시간이 얼마쯤 흘렀다. 그런
데 발등에 무엇인가 움직이는 물체가 하나 둘 다가옴을
느낀다. 멀리서 희미하게 비쳐오는 전등불 빛으로 그것들
이 쥐임을 알 수 있었다. 쥐들이 자꾸만 늘어나더니 마침
내는 내 몸으로 기어오르는 것이었다. 그 순간 나는 그동
안의 그 모진 고통에 대한 끈질긴 참음을 깨뜨리고 "여기
사람 있어요!" 하고 고함을 지르고 말았다. 그래도 쥐는
달아날 줄 모르고 수갑과 포승으로 꽁꽁 묶인 나의 몸으
로 파고드는 것이었다. 나는 계속 고함을 질렀다. 얼마가
지나자 철문을 따는 소리가 들려오고 "아직도 사람이 있
었구만" 하며 비둘기장으로 누군가가 전등불을 켜며 다가

오는 소리가 들리자 쥐들은 잽싸게 어디론가 숨어버렸다.

다시 호송차에 실려 서대문구치소로 향하는 내겐 아침에 떠나온 5사상 29방이 그렇게 그리울 수가 없었다. 그래도 먼발치로라도 볼 수 있는 햇빛이 있고 비닐 창으로 가려졌을망정 윤곽은 뚜렷한 앞산 금계산을 볼 수 있으며 아침저녁으로 어디선가 들려오는 교회 종소리와 사원의 목탁 소리를 들을 수 있는 방이 그렇게 그리울 수가 없었다.

이윽고 서너 평 남짓한 감방에 들어서자 나는 그곳이 무한한 우주 같은 착각에 빠져들었다. 우주복을 입은 우주비행사가 우주선을 타고 푸른 하늘을 선회하듯, 나는 시간 가는 줄 모르고 그 좁은 방을 몇 바퀴인가 돌고 돌았다. 1986

# 책의 미학美學

새벽에 잠을 깬다. 산길을 걷기에는 아직 이른 시간이다. 불을 켜고 2층 서재에 오른다. 사방 벽에 가득히 꽂힌 책들이 나를 맞는다. 책상에는 간밤에 읽던 책과 글을 쓰다 흩뜨려 놓은 원고지와 빨간색, 파란색 볼펜이 사이좋게 어우러져 있다. 오른쪽 구석에 놓아둔 찻잔에는 어제 저녁에 마시다 남은 커피가 한 모금쯤 깔려 있다. 잔을 입술에 대고 식은 커피를 입안에 머금는다. 커피향이 온몸에 퍼진다. 이윽고 잠에서 덜 깬 정신이 맑아져 온다.

그러면 책을 든다. 책상 위, 책꽂이, 방바닥 어느 곳에 있는 책을 읽을까 망설인다. 그러다 간밤에 읽다 둔 책을 손에 든다.

그 책이 두툼한 볼륨에 정장을 한 양장본일 수도 있고 얄팍한 부피에 무선제책을 한 문고본일 수도 있다. 그러나 호화 양장본이더라도 가볍게 읽힐 수 있고, 문고본에 중압

감 있는 내용이 담겨져 있을 수도 있다. 책의 표제가 독서욕을 북돋게 하는 서정적이고 센티한 단어로 이어진 책이 있는가 하면 표지글이 고전적이고 지적이어서 선뜻 손이 가지 않는 책도 있다. 책을 감싼 크로스도 해돋이의 이글거리는 태양처럼 붉게 타오르는 정열적인 색깔인 것이 있는가 하면 나약한 지성인의 고뇌 띤 얼굴처럼 창백한 회색 빛깔도 있다.

어느 책은 아담한 케이스에 담겨져 위엄을 갖추고 있는가 하면, 어느 책은 커버가 벗겨진 채 알몸으로 뒹굴고 있는 책도 있다. 또, 어느 책은 몇 백 년의 나이테를 지닌 채 뭇 선비들의 손때에 절었는가 하면, 어느 책은 창포에 머리 감은 숫처녀처럼 포장지에 싸인 채 놓여 있는 책도 있다.

그리고 뭇 달구지와 자동차가 지나간 신작로처럼 마냥 매만져진 사전류 같은 책이 있는가 하면 일 년에 한두 번 거니는 오솔길 같은 도록과 화첩도 있다.

걸상에 앉아 손 가까이 닿는 곳에는 낯익은 책들이 놓여 있다. 긴 세월의 숱한 변화 속에서도 요지부동 자리를 지켜온 책들이다. 지조를 굽히지 않았던 지사의 몸가짐처럼 다소곳하게 자리하고 있다.

김구 선생이 젊은 동지에게 준 친필서명본인 《백범일지》, 신익희 선생이 영국 엘리자베스 여왕 대관식에 다녀와서 펴낸 《여행기》 속장에 달필로 사인한 서명본, 장준하

120

선생의 서명본인《돌베개》, 김대중 선생이 나에게 서명해 준《분노의 메아리》라는 국회연설집, 이 모두가 나에겐 유독 귀중한 책들이다.

한아름 건너에 있는 일연 스님의《삼국유사》, 백암 박은식의《한국통사》, 단재 신채호의《조선사연구초》, 함석헌 선생의《뜻으로 본 한국역사》등은 내가 백의민족으로 태어나 한반도에서 삶을 이어가는 데 있어 자부와 긍지를 갖기에 충분하게 해준 책들이다.

또한 고난이 나를 나약하게 할 때 에이브러햄 링컨의 글발이, 조국의 현실이 나를 암담하게 할 때 마하트마 간디의 절규가, 불의와 타협하려고 마음이 동할 때 토머스 모어의《유토피아》가 나를 바로 세워주었다.

먼동이 트면 나는 산행을 한다. 야트막한 산길을 오르면서 생각을 더듬는다. 그 옛날 나일강이 있는 이집트에서 만든 파피루스에 쓰여진〈死者의 書〉에서부터 먼 훗날의 미래를 그린 SF소설에 이르는 시간의 세계와 광대무변의 공간 속에서, 나는 정신의 나래를 펴고 출판사가 출간할 책을 구상한다. 어느 날은 "일만 권의 책을 읽었지만 여전히 육체는 서럽다"는《파우스트》속에 나오는 넋두리를 외우다 괴테 전집을 구상하기도 하고, 어릴 때 읽었던 보물상자 이야기가 떠올라《아라비안나이트》를 기획하기도 한다.

찰스 램은 "산책하지 않으면 책을 읽는다. 그저 앉아서 생각만 하는 것은 어렵다. 책이 내 모든 생활을 대신해준다"고 했다. 그러나 나는 산책하면서도 책을 읽는다.

나는 음악을 들으면서도 책을 읽는다. 모차르트의 〈엘비라 마디간〉의 잔잔한 플루트의 음률 속에서 《아마데우스》를 읽고, 브람스의 교향곡 제3번을 들으면서 사강의 《브람스를 좋아하세요》를 읽는다. 또, 베토벤과 톨스토이와 미켈란젤로를 만난다.

책은 절대로 배반하지 않는 친구요, 연인이다. 보나르의 《우정론》이 몇 십 명의 친구보다 더 따뜻하고 유익한 말을 건네주며, 헤밍웨이의 《누구를 위하여 좋은 울리나》의 소설 속의 주인공이 죽음을 앞두고 펼치는 짧고 짜릿한 사랑이 메말랐던 애정의 빈터를 메꾸어준다.

책은 나에게 있어서 존재다. 책이 없었으면 나는 눈뜬장님이 되었을 것이며 귀먹은 벙어리가 되었을 것이다.

책은 지식이며 지혜다. 그 많은 인류에게 얼마나 많은 혜택을 안겨다주었는가. 책이 없었다면 하나님도 침묵하였을 것이며, 부처님도 설법을 잃고, 공자님도 가르침을 버렸을 것이다. 책이 있었기에 성경이 있었고, 성경이 있었기에 기독교가 있으며, 불경이 있었기에 불교가 있고, 논어가 있었기에 공자가 오늘날에도 인류에 회자되는 것이다. 책은 그러므로 신神이요, 불佛이요, 인仁이다.

역사의 고난기에는 고난이 서린 책이, 역사의 부흥기에는 거작의 명저가 쏟아져나왔다. 책은 역사요, 또한 과학이다. 오늘날 문명의 이기利器를 우리에게 선사한 기반이며 원동력이다.

또한 책은 과거와 현재와 미래를 잇는 핏줄과 같은 다리다.

오늘도 갓 출간한 신간을 손에 들고 한없는 환희에 잠긴다. 푸른 바다에서 막 건진 퍼드덕거리는 생선 같은 신선함이 손에 짜릿하게 와 닿는다. 책장에서는 5월의 향긋한 아카시아 꽃향기처럼 잉크냄새가 풍기고, 빛깔은 6월의 진초록 풀빛처럼 싱그럽다. 이 책 한 권이 그 얼마나 오랜 잉태 속에서 탄생한 소중한 산물인가.

책은 진주요, 에메랄드다. 그리고 세상의 빛이요, 인류의 넋이다.

책 없는 세상을 상상해보라. 그것은 암흑이다. 1993

# 책과 가을

마음이 깊숙한 심연으로 빠져들어 갈 때 베토벤의 〈월광곡〉은 마음을 제자리로 옮기게 한다. 그러나 비발디의 〈사계〉 중 '가을'의 선율이 귓전을 스치면 손은 서가에 꽂힌 책을 뽑아들게 된다. "음악이 없는 인생은 하나의 착각에 지나지 않는다"고 한 니체의 독백이 스쳐간 그 위에 "책이 없는 인생은 암흑"이라는 말을 덧붙여주고 싶은 가을이 왔다.

"책을 읽음으로써 밤의 고요를 알고 국화를 보면서 가을이 깊어진 것을 깨닫는다〔讀書知夜靜採菊見秋深〕"는 옛 시처럼 가을은 분명 독서하기 좋은 계절이다.

풀벌레 소리만이 들려오는 깊은 밤이면 삼면에 가득 찬 책들이 나를 한없이 유혹한다. 몇 번이고 내 손을 거쳤던 존 러보크의 《인생의 선용善用》이나 볼테르의 《깡디드》, 한 번 더 읽어 봐야지 하고 벼르고 벼르던 헤로도토스의 《역사》, 루소의 《에밀》, 며칠 전 서점에서 사다 놓고 목차만 훑어보고는 아직 책상 위에 놓여 있는 《일본방서지日本訪書誌》 등, 2층 서재를 가득 메운 5,000여 권의 책은 꼭 한 번은 더 읽어야 되겠다 싶어 지하 서고나 출판사 서고로 보낸 책 중에서 추리고 추린 책들이다.

이미 1,000년이 넘은 당나라 때의 시인 두자미杜子美는 "남아수독오거서男兒須讀五車書"라고 하여, 사내라면 다섯 수레의 책은 읽어야 한다고 독서를 권장하였다. 나는 독서욕이 가장 왕성한 중·고등학교 시절에 책의 불모지였던 시대를 살았다.

일본에서 초등학교에 입학하자 제2차 세계대전이 일어나 군국주의가 득세해, 발행된 동화책에도 《노기乃木 대장》이나 《야마모토 이소로쿠山本五十六 원수》 등 군인들의 전기가 판을 칠 때라 이것이라도 할 수 없이 읽었다. 한국으로 온 후 초등학교 3학년 때 해방이 되어 갑자기 일본 글에서 한글로 바뀌었으니, 한글도 몰랐지만 한글로 된 읽을 만한 책이 전혀 없었다. 시골에는 몇 년간 교과서마저 공급되지 않았으니, 일반 교양서를 구해 읽는다는 것은 하늘의 별따기만큼이나 어려웠다.

대한민국 정부가 수립되고 중학교에 입학한 그해 고향에서는 '여순사건'이란 군인폭동이 일어나 학교 문이 닫히고, 밤에는 지리산에 숨어있던 빨치산이 시내까지 침입하는 등 불안을 떨쳐버릴 수 없는 나날이 계속되었다. 곧이어 6·25전쟁이 터졌다. 그러다가 고등학교를 졸업할 때에야 휴전이 되었다. 초등학교 6년, 중·고등학교 6년, 그 배움의 황금기라 할 12년 동안에 정상적인 학교공부라야 얼마나 했을까. 1년 이상 가르침을 받은 선생님이 없을 정도라, 기억나는 스승도 몇 분 안 되는 학창시절을 보냈다.

그러나 나는 이런 소용돌이 속에서 책을 구해 읽었다. 중고등학교 시절까지는 친구나 대본점에서 빌릴 수 있는 책은 무엇이든 구해 읽었다. 김구 선생의 《백범일지》, 박계주의 《순애보》, 김래성의 《진주탑》, 《청춘극장》, 이기영의 《고향》, 《광산촌》, 이태준의 《문장강화》, 노자영의 《미문서간집》 등 닥치는 대로 읽었다.

독서란 우선 양서를 가려서 읽되 자기의 정도에 맞고 취미에 맞는 책부터 읽어야 자연스러우며 그래야 자기 형성에 보탬이 되고 독서의 성과를 거둘 수 있다는 초보적인 독서론도 무시한 채 마구잡이 독서를 하였다.

하지만 그러한 잡독이랄까 난독을 하지 않았던들 오늘의 나는 형성되지 않았으리라. 나는 독서의 혜택으로 국가와 민족에 대한 사랑에 눈뜨게 되었고 무엇인가 쓰지 않으면 견딜 수 없는 갈증을 느껴 시와 수필도 써보게 되었다. 그 후 한국전쟁으로 폐허가 된 서울에 올라와 그나마 책을 읽은 덕분에 잡지사에 취직이 되어 지금껏 활자와 더불어 일생을 같이 하고 있다.

나와 활자와의 만남은 접촉인 동시에 대결이었다. 원고를 만든 저자와 심지어는 책 속에 있는 주인공과 접촉하면서 애락을 같이 하기도 하고 대결도 한다. 옳지 못한 것과는 싸워서 이겨야 하고 옳은 것에는 합세하며 박수를 보낸다. 힘겹게 구한 책이라도 내용이 부실하거나 심정을 때 묻게 하는 책이면 서슴없이 찢어버리거나 불태워 버린다. 악서는 양서보다 전염성이 강하다. 독버섯이 화려하고 번식력이 강하듯이.

이제 나는 좋은 책을 골라 읽는다. 좋은 책은 영과 혼을 살찌우기 때문이다. 볼테르의 《깡디드》를 읽고 엘도라도라는 이상향을 그리며 항시 희망을 버리지 않았다. 예링의 《권리를 위한 투쟁》을 읽으면서 자신의 권리를 찾는 투쟁은 정의를 위한 투쟁과 같다고 생각했다. 그 투쟁 가운데서 나는 나의 권리와 양심을 지키는 삶을 지탱할 수 있었다. 그래서 나는 책을 읽음으로써 지혜와 교양을 얻는 데 그치지 않고 그것을 오래도록 간직하기 위해 메모를 하고 사색을 하며 거기에서 얻은 열매를 독후감이나 작품으로 승화시키는 작업을 병행했다.

책을 읽는다는 것, 그것이 항시 즐거움만을 주는 것은 아니다. 그러나 좋은 책을 읽는다는 것은 어진 스승을 항시 대하고 있는 것과 같고, 책을 읽지 않고 시간을 보내면 그 허송되는 시간 속에 분명 악의 씨가 뿌려지고 싹이 튼다.

우리는 책을 통해 1,000년의 지혜를 얻을 수 있으며, 또한 책을 통해 1,000년의 미래를 그릴 수 있다. 책이 없는 가을, 그것은 황막한 사막이다. 그리고 고향을 읽어버린 고독한 노스탤지어다. 1991

# 여섯 개의 돋보기

창 밖에는 장대 같은 비가 쏟아진다. 돋보기를 끼고 흔들의자에 앉아 이규보의 〈여름〉이라는 시 한 수를 읽는다.

대자리 홑적삼에 시원한 마루
꾀꼬리 울어울어 꿈을 깨우고
밴 잎에 가려진 꽃 늦도록 남고
엷은 구름, 새는 햇살 빗속에 밝네

삼베 바지저고리의 씨날 사이로 서늘한 바람이 스며든다. 이제 분명 가을인가보다. 탱자만 하던 모과가 우락부락한 제 모습을 갖추고, 싸리꽃처럼 달려 있던 대추가 제 빛을 찾기 시작했다.

중학교 시절의 이때쯤이면 학교를 갔다 오자마자 교모와 교복을 벗어던지고 간편한 남방 차림으로 대본점貸本店

을 향해 달린다. 그때에는 모리스 르블랑의 탐정소설이 그렇게도 재미있을 수가 없었다. 김래성의 《진주탑》도, 홍명희가 지은 《임꺽정林巨正》도 참 재미있었다. 《임꺽정》을 세 권인가 읽다 6·25 동란이 나 그 후 속편이 나오지 않아 무척 아쉬웠다. 그때는 가난한 사람을 돕는 의적義賊이 왜 그리도 멋있고 좋았던지…….

고등학생이 되어서는 이광수의 《무정》과 《사랑》, 박계주의 《순애보》, 김래성의 《애인》과 《청춘극장》, 심훈의 《상록수》를 읽으면서, 이성 간의 사랑을 합하면 얼마나 강한 힘이 나오는가를 알게 되었다. 국가나 사회를 위해 보람된 일을 하려면 생의 동반자로서 사랑하는 사람이 꼭 있어야 한다고 믿었다.

또 그 시절엔 많은 시를 읽고 외웠다. 한용운, 김소월, 김영랑, 헤세, 보들레르, 랭보, 워즈워드, 릴케, 니체 등의 외국 시인의 시집들은 반 4×6판 문고로 발간된, 역자 표지도 뚜렷하지 않은 것들이었는데 그런데도 그 시들이 마냥 좋았다. 시집들과 더불어 《춘원 서간집》, 《이태준 서간집》 등 편지쓰기 책들도 읽었다. 나 자신은 대상이 없어 연애편지 한 장 써보지 못하면서도 친구들이 부탁하는 것은 거절하지 않고 다 써주었다. 그러다 K라는 친구가 S경찰서의 교환에게 보낸 연애편지 때문에 국가기밀을 탐지하기 위해 교환수를 유혹하려 했다는 어처구니없는 누명을 써서, 몇 친구와 S경찰서 통신계에 붙들려 가 혼쭐이 난 적도 있었다.

대학에 와서는 잘 이해하지도 못하고 재미도 없는 책들을 골라 읽었다. 남들이 다 사보는 월간 《사상계》란 잡지는 거의 빠뜨리지 않고 읽었다. 또 해석할 수도 없는 《타임》, 《뉴스위크》도 사보았다. 사르트르, 카뮈의 소설, 엘리엇의 시집, 아담 스미스, 막스 베버의 책 등 대학생이면 이런 정도는 읽고 이해할 수 있어야 한다는 의무감에서 그 책들을 읽었다. 버트런드 러셀의 《행복의 정복》, 안병욱 교수가 번역한 《에이브러햄 링컨전傳》과 몽테뉴나 베이컨의 《수상록》, 그리고 국내작가 수필 등이 내 독서 수준으로 무리 없이 읽히는데도 친구들에게 그런 책을 읽고 있다고 자랑할 수 없어, 난해한 칸트의 《순수이성비판》이니 데카르트의 《방법론 서설》 등을 사서 몇 줄도 이해하지 못하고서 책 끝장까지 건성으로 읽어대는 허영의 독서를 하던 시절도 있었다.

사회생활을 하면서는 내 직업에 필요한 책이나 지식과 교양에 보탬이 되면서도 재미있고 유익한 그런 책을 주로 읽고 있다. 특히 출판에 관한 저서나 논문들은 국내의 발표량이 그리 많지 않기 때문에 거의 빠짐없이 읽는 편이며, 출판의 주변 학문이라고 볼 수 있는 서지書誌에 관한 글도 틈틈이 읽는다. 그리고 나 자신도 수필을 쓰고 있지만, 수필은 하도 많이 발표되어 전문 수필가들이 호평하는 글조차 빠뜨리지 않고 읽는다는 것이 그리 쉽지 않다.

이제 모든 욕심을 서서히 버려야 할 나이가 되었는데도 독서와 책 모으기에 대한 욕심은 더욱 심해지고 있는 것 같다.

체계 있는 독서 계획은 없지만 아침 여섯 시면 안방에 있는 돋보기를 끼고 한국 출판문화사나 서지학 계통의 책을 읽다가 조간신문을 보고, 차를 타고 출근하면서도 포켓 안에 있는 돋보기를 꺼내어 《시사일본어연구》를 본다.

사무실에 와서는 책상 속에 둔 안경을 꺼내 조간신문을 보고 현재 출판사가 제작하려고 하거나 제작 중인 원고 및 교정쇄를 읽고, 출판물 기획에 보탬이 될 독서 정보 혹은 명저 해설 등을 읽는다.

저녁이면 석간신문을 읽고 퇴근하여 집에 돌아와 서재에 있는 돋보기를 끼고 조금 부담이 가는 한국 고전이나 불서佛書 등을 읽다가, 간단한 일기쓰기를 끝으로 하루를 마친다. 그래서 나는 지하실 서고용과 대학원 강의 시간에 쓰는 반쪽 돋보기를 합하여 안경이 여섯이다.

나는 집안 어느 곳에나 책을 놓아둔다. 응접실 탁자 위나 전축 위, 또는 문갑 위나 식탁 위 어느 곳에나 두었다가 마음 내키는 대로 집어 들어 부담 없이 읽는다. 또 읽기 싫으면 읽던 자리에 둔다. 이제 이런 생활이 자연스레 몸에 배어버린 것 같다. 책을 많이 읽기 위해 고서점을 차리기도 하고 또 지금은 출판사를 경영하고 있는 셈이니…….

한때는 책을 읽는 일보다 더 재미있고 신나는 일이 없을까 궁리하다 몇 개월 동안은 친구들과 함께 화투놀음에 흠뻑 빠져 3박4일 동안 집에 들어가지 않은 적도 있고, 매주 주말이면 뚝섬 경마장에 가서 마권을 사 놓고 초조하게 기다리다 계속된 패배로 호주머니를 탈탈 털어버리고 맥없이 집으로 돌아온 적도 한두 번이 아니었다.

이렇게 재미만을 찾는 오락 뒤에는 항시 후회와 허무가 뒤따라 다녔다. 그런데 독서는 흥미 위주의 책을 읽건 좀 어려운 책을 읽건, 읽고 나면 기분이 흐뭇하다. 독서는 후회를 수반하지 않으며 오히려 어떤 책이건 글을 읽었다는 자부심과 긍지를 준다.

그리고 모든 일에는 상대가 있어야 한다. 내가 하고 싶어도 상대가 하기 싫다면 할 수가 없다. 바둑을 두는 일, 골프를 치는 일, 대화를 하는 일 등 모두가 그렇다. 그러나 독서는 책만 있으면 웬만한 장소에서도 홀로 독서삼매에 빠질 수가 있다. 또 독서는 많은 부산물을 가져다준다. 지식·교양·학문·정보·해학·기지 등 인생에 있어 결코 도둑맞지 않을 가장 큰 재산을 독서는 우리에게 준다.

책을 읽지 않는 사람의 삶은 각박하다. 그래서 여유가

없다. 당돌하고 조급하여 인생을 길게 보는 안목이 없어 많은 실수를 범한다. 그리고 아름다움도 없다. 아무리 선천적으로 예쁘게 태어난 여인이라도 독서를 하지 않으면 요염미는 있을지언정 지성미가 없으며 남자의 경우엔 권세와 부귀는 가질지언정 신사다운 인간미를 결여한다.

그러나 책을 많이 읽은 사람과의 대화는 언제든지 순조롭고 화기롭다. 상충이 없고 과격하지 않다. 그런 사람은 어떤 문제든 순리로 해결한다. 오만함이 없으며 겸손하다.

나는 독서에 의해 얼마나 성장하였을까? 책을 읽는 데 나이가 있고 지식을 풍부하게 하는 데 정년이 있을 리 없다. 나는 앞으로도 계속 독서를 통해 내 인생을 살찌우고 그 열매를 더욱 알차고 영글게 할 것이다.

이제 분명 독서하기에 좋은 계절이다. 책과 독서의 힘에 의해 모든 어려운 문제가 풀리는 세상이 되었으면 한다.

1987

# 책이 있는 공간

뜰에 핀 과꽃이 가을빛을 발한다. 먼 남쪽 푸른 숲 위에 관악산 연주봉이 얹혀 있고 그 위 파란 하늘에는 솜구름이 떠 있다.

이제 그 오랜 폭염의 들뜸이 지나고 마음 달램의 서늘함이 서재의 걸상들 위에도 차분하게 찾아든 것 같다.

흔들의자에 앉아본다. 한결 마음이 가볍고 손에 든 한적고서韓籍古書도 눅눅하고 무거웠던 감을 떨어버려 가뿐하고 산뜻하다. 넘겨보는 책장마다에서 가을바람이 인다. 그 가을바람 속에서 몇 백 년이 지났을 선조들의 학문의 숨결을 듣는다.

나는 지난날을 회상하고 오늘을 점검하며 내일의 삶을 설계하는 오붓한 공간으로, 베란다가 널찍한 이층 서재를 택한 지 오래다. 그곳에는 아무런 장식이 없다. 걸상 셋과 방석 하나 그리고 책상 둘레 3면에 놓인 서가 속의 약간의 책이 전부다.

난 그때그때의 일과 기분에 따라 앉는 자리를 택한다.

무엇을 언제까지 꼭 해야겠다는 마음다짐을 가질 때에는 인체공학적으로 잘 설계되었다는 날렵한 최신형 걸상에 앉는다. 거기에서 마음을 가다듬고 책을 읽거나 글을 쓴다. 이때의 기분은 어쩐지 쫓기거나 부담스럽다.

그러나 글을 쓰거나 책을 읽고 메모하는 작업 중에서도 쫓기거나 재촉 받을 염려가 없는 일을 할 때에는, 앉은뱅이책상 앞에 놓인 방석에 앉아 팔꿈치를 책상 위에 얹고 손바닥으로 턱을 괴는 여유를 가진다.

그러다가 권태로워지면 다리를 쭉 뻗고 양다리를 걸쳐 놓을 보조의자가 딸린 수평식 안락의자에 앉아, 손에 닿는 서가에서 그때의 기분에 따라 아무 책이나 뽑아내어 무료함을 달랜다. 그러다 펼쳐진 책을 가슴 위에 얹은 채 눈을 감고 명상에 잠기기도 한다.

그 편안한 자세도 시간이 지나면 다시 변화의 욕구를 일으킨다. 그러면 이번엔 흔들의자에 걸터앉아 다리에 약간의 탄력을 주어 온몸을 흔들거리는 의자에 맡긴다. 기분이 상쾌해진다. 그럴 때면 언제나 속세의 것을 멀리한다. 남쪽에 펼쳐진 산록을 응시하거나, 뜻은 잘 모르지만 몇 백 년을 지나온 옛것들이 담긴 한적본韓籍本을 손에 든다. 그 속에서 먼 옛날의 선현들과 침묵의 대화를 나눈다.

인생의 덧없음에 대해서도, 선악과 인과응보의 업보에 대해서도 미처 깨닫지 못했던 지혜들이 말없이 나에게 전해진다.

나는 이런 서재의 공간에서 삶에 뜻을 부여하는 작업을 부단히 계속한다. 그러다 또 새로운 시도에 대한 충격이 나를 엄습할 때면 다시 서재에서 뛰어나가 햇볕을 받거나 정원에 놓인 하얀 야외용 걸상에 다리를 꼬고 앉는다. 그것은 잠깐의 휴식이다. 그 과정을 지하실 서고書庫로 가는 길목의 중간쯤에 자리한 임시역 플랫폼과 같은 것이다.

잠시 후 카나리아꽃과 과꽃 등이 어우러진 화단과 층계를 지나 반지하로 된 서고문을 연다. 옛것과 오늘의 서적들이 어울려 뿜어내는 매캐한 냄새가 확 얼굴을 친다. 역겨움 비슷한 냄새가 오히려 나를 끈다. 시골집 외양간의 냄새가 원초적原初的인 자아를 일깨우듯이 무한히 나를 빨아들인다.

나는 촘촘히 세워진 서가 사이를 무념의 상태에서 몇 바퀴 돈다. 그러고는 가장 깊숙한 곳에 있는 책부터 몇 권 뽑아본다. 혹시 습기에 젖지 않았나 점검한다. 그리고 문학서·역사서·종교서·잡지 등 분야별로 책이 꽂힌 서가에 머물러, 남달리 애정이 가거나 소중하다고 여겨지는 책이 탈 없이 잘 있는지 확인해본다. 그 다음에 한적고서 서가로 가서 필사본·목판본·활자본 등을 펼쳐본다. 그 책들을 모으기 위해 인사동, 청계천 그리고 장안평 고서점들을 누비고 다녔던 많은 날들이 헛되지 않았다는 흐뭇함이 가슴을 메워온다.

고서는 신간의 씨앗이다. 나는 이 2만여 권이 넘는 씨앗을 뿌려 새로운 문화 창조를 위해 가꾸고 다듬는 작업을 부단히 계속해야만 한다.

책으로 둘러싸인 공간은 죽음의 공간이 아니며 멈춤의 공간이 아니다. 그것은 삶의 공간이며 활동과 재생산의 공간이다. 잠시의 휴식도 생명을 불어넣는 시동을 위한 충전의 순간이다. 공간은 무한하다. 그 속에서 책과 더불어 사는 유한한 삶의 값진 보람을 찾는다. 1988

# 구텐베르크 박물관과 한국 전적典籍

꼭 가보고 싶은 곳이 몇 곳 있다. 그 중에서 나는 언제부터인가 독일 마인츠에 있는 구텐베르크(출판인쇄) 박물관을 꼭 가봐야겠다는 생각을 해왔다. 4년 전 프랑크푸르트 국제 도서전시회가 있어서 독일에 갈 기회가 있었으나 그 방대한 규모의 도서전시회 관람을 3,4일 동안 마치고 나니 몸이 지쳐 박물관에는 가보지 못하고 카탈로그, 팸플릿 등만 몇 박스 챙겨가지고 돌아왔다. 돌아온 후 구텐베르크 박물관을 들러 오지 못한 것을 못내 아쉬워했다. 금년에는 프랑크푸르트 도서전은 2차 목표로 하고 구텐베르크 박물관 방문을 1차 목표로 삼아 숙소도 마인츠 시내에다 정했다.

지난 10월 4일 독일에 도착하여 다음날인 5일은 도서전시회 개관식 겸 한국관 등 동양관과, 저작권 계약관계로 서신을 주고받았던 출판사를 몇 곳 둘러보고 나니 하루가 다 갔다. 나는 이렇게 도서전시장의 책들에 매료되어 날짜를 보내다간 또 구텐베르크 박물관을 들르지 못하고 말 것 같아서 6일은 하루 종일 마인츠에서 머물기로 작정을 했다.

아침을 먹고 마인츠 시내로 향했다. 아름답고 고풍스러운 도시였다. 인구 10여 만의 도시에는 대학과 5,6백 년이 넘은 성당과 고적들이 이곳저곳에 자리하고 있었다. 제2차 세계대전의 전흔은 찾아볼 수 없고 높은 고성古城과 돌길, 오랜 전통이 있는 장터엔 시장이 형성되어 있었다. 주로 과일과 야채, 빵 그리고 꽃가게였다. 1792년에 문을 열었다는 'DOM-Cafe'에서 커피 한 잔을 하고 근처 서점에 들러 마인츠에 관한 책을 사고 구텐베르크 박물관을 찾았다. 생각보다 훌륭했다. 혹 기대에 어그러져 실망하지 않을까 했는데 대만족이었다. 현관에서 참고도서와 포스터 등을 사고 지하에서 4층까지 샅샅이 구경했다.

1450년에 발행했다는 구텐베르크의 최초 인쇄물인 42행行 성서 앞에서 오랫동안 발을 머물지 않을 수 없었다. 만약 구텐베르크에 의해 현대적인 인쇄술이 발전되지 않았던들 인류의 문명은 얼마나 더디게 발전했을까 하는 생각이 들었다. 2,3층에는 1500년대에서 1600년대에 걸쳐 발간된 라틴어, 아랍·산스크리스트어 등 각 국어로 된 성경, 코란, 불경에 관한 책과 동·식물에 관한 도서 등 진귀한 도서들이 눈을 휘둥그레지게 했다.

그리고 4층 맞은편 한 면에는 일본 인쇄물이 가득 전시되어 있었는데, 서기 770년에 인쇄되었다는 백만탑다라니경 복제본에 대한 설명에는 세계 최고最古의 현존 인쇄물(710~790, 나라시대)이라 적고 독일어로 Hya-ktmant. Daranizettel이라 표기한 다음 "문도다라니文度陀羅尼, 상륜다라니相輪陀羅尼, 자심인다라니自心印陀羅尼, 근본다라니根本陀羅尼 복각물과 복각판 제작 미즈노 마스오(水野稚生=Masuo Mizuno)"라는 친절한 설명까지 쓰여 있었다.

그러면 우리나라의 〈무구정광대다라니경〉은 어떻게 된 것인가. 1966년 10월 13일 경주 불국사 석가탑 2층의 탑신부에 안치된 사리함 속에서 처음 발견된 이 인쇄물은 늦어도 서기 751년 이전에 인쇄된 것임이 밝혀졌음에도, 세계에서 가장 큰 인쇄박물관인 구텐베르크 박물관에는 한국의 〈무구정광대다라니경〉에 대한 설명은 한 곳도 없으니 말이다. 일본 코너 옆에는 함통 9년(868년)이란 발행기록이 분명한, 대영박물관에 소장되어 있는 당나라 시대의 인쇄물인 금강경 복사본을 비롯한 중국 책들이 진열되어 있고 그 옆에 한국 코너가 있었다.

세계 최초의 금속활자본 간행국의 인쇄물 전시로는 너무나 초라했다. 세계 최고의 인쇄·출판 박물관에는 그래도 한국출판물 중에서 수준급은 전시되어야 하는데 그곳에 있는 전시품은 1446년의 훈민정음 복제본, 1434년의 초주갑인자본인 〈당류唐柳 선생집〉, 1455년의 을해자 〈주자대전朱子大全〉, 또 발행 연대가 늦은 병자자 큰 글자의 〈자치통감 강목〉, 1420년의 경자자의 〈자치통감〉은 낱장 한 장인데 그것도 3분의 1은 찢기어 나간 것이었다.

또 영·정조 때 간행한 〈오륜행실도〉는 금속활자본이 있는데도 불구하고 전시된 것은 목판본이며 이 책을 제외하곤 모두 한자본 책이라 외국 사람들이 중국 책으로 오인할 가능성이 컸다. 일본 코너에는 모두가 일본 글로 된 인쇄물만 전시해두었다. 우리나라도 한글로 된 인쇄물이 얼마든지 있으며 도자기 활자·바가지 활자 등 다양한 활자본이 있는데 그런 것들을 이곳에 전시하여 한국의 인쇄문화의 면모를 드높일 수는 없는 것인지 안타까운 마음을 가지고 그곳을 나왔다. 아직 우리나라는 문화재 보호법에 묶여 문화재를 외국으로 반출할 수 없기 때문에 이런 현상도 나타나고 있겠구나 하는 자위도 해보았지만, 아직도 내 나라가 문화를 앞세워 세계에 진출하겠다는 인식이 모자라다는 생각만은 떨쳐버릴 수가 없었다. 1995

# 일본에 있는 한국 고서

일본에 가면 꼭 고서점에 들른다. 아니 고서점을 뒤진다는 표현이 더 맞을지 모르겠다. 혹시 한국에서 가져간 귀중본이 없을까 하는 생각에서다. 과거의 뼈아픈 역사 속에서 그들은 우리의 책을 많이 가져갔다.

일제시대 《경성일보京城日報》의 감독으로 있었던 도쿠토미 소호德當蘇峰란 사람이 1930년 5월 동경에서 있었던 강연회에서 임진왜란 때 빼앗아간 책들이 동경 간다神田의 진보초(神保町, 서점가)에 몇 개의 서점을 차릴 정도였다는 표현을 한 것을 보면 그 수를 헤아릴 수 있을 것 같다.

임진왜란 당시 서적의 약탈을 진두지휘한 군인은 조선인의 코를 베어 그의 고향인 오카야마岡山에 코무덤을 만들었던 한성부漢城府 점령군 사령관 우키타 히데이宇喜多秀家였다. 그는 경복궁 내 교서관의 주자소에서 금속활자와 인쇄기를 약탈해 도요토미 히데요시豊臣秀吉에게 바쳤을 뿐만 아니라 숱한 서적을 가져갔다.

그 책들은 임진왜란 후 일본에서 권력을 잡은 도쿠가와 이에야스德川家康가 모두 수집하여 에도(江戶, 현 동경) 성내에 홍엽산문고紅葉山門庫를 만들었고 그가 시즈오카로 은퇴한 1602년에는 준하문고駿河文庫를 만들어 일본의 정신적 지주가 된 하야시 라잔林羅山에게 맡겼다.

일본은 임진왜란 때 약탈해간 수만 권의 서책과 조선통신사가 전해준 선진 문화로 인해 무武보다 문文을 숭상하는 문화국가가 되었다.

특히 도쿠가와 이에야스德川家康는 조선 책을 기본으로 하는 문교정책을 펴 각 지방마다 문고가 개설되었다. 도쿄의 존경각문고尊敬閣文庫, 와카야마和歌山의 남규문고南葵文庫, 나고야名古屋의 봉좌문고蓬左文庫, 미도水戶의 창고반문고彰考飯文庫, 야마구치山口의 모리문고毛利文庫 등 조선 책을 보관하고 있는 문고의 수는 헤아릴 수가 없다. 서지학자 심우준 교수가 1976년에 일본에 가서 한국 고서를 조사한 것만도 활자본 340종, 목판본 240종 등 580종에 달했으며, 일본에 있고 한국에 없는 한국 고서만도 활자본 91종, 목판본 82종 도합 173종에 달했으며 계미자본 중 우리나라에 없는 것도 1종이 발견되었다. 일본인들은 고서를 무엇보다 귀중히 여긴다. 특히 한국 고서는 열람조차 꺼리고 있는 실정이다. 그런 상황에서 한국 전적이 고서점에 나올

리야 없겠지만, 또 혹시 하고 일본에 들르면 고서점을 누 빌 계획이다. 1993

# 이 가을 고서의 숨결과 더불어

아침 풀벌레 소리가 힘차다. 낮에는 섭씨 30도를 오르내리는 기온이라지만 아침저녁으로는 가을 기운이 완연하다.

지난여름은 유난히도 잦은 천재天災에 시달렸다. 호우와 강풍 그리고 하늘이 찢어질 것 같은 변개와 뇌성, 그로 인한 수재로 많은 인명과 재산을 잃었다. 게다가 인간에 의한 재난과 파괴와 격돌은 또 얼마나 우리의 마음을 쓰리고 아프게 했는가. 참으로 어처구니없는 '오대양 집단 변사사건', 하루도 그치지 않는 파괴를 수반한 '노사분규' 등 숱한 사건과 충돌이 아직 끝맺음을 하지 못하고 있는데, 그래도 가을은 우리에게 다가오고 있다. 벌써 몇 년째 서울대학교에 쏟아 부어졌던 그 독한 최루탄 가스가 남풍에 실려와 정원에 서 있는 몇 그루의 과수果樹에 차곡차곡 쌓여 이파리마다 앙금으로 남아 있을 텐데도, 나무에 매달린 열매들은 제빛을 띠기 시작한다. 꽈리도 붉게 열매를 늘어뜨렸다. 황국黃菊도 꽃잎새를 머금었는가 하면 여기저기 흐드러진 과꽃이 분홍과 보랏빛으로 곱다.

서고書庫로 내려가는 돌계단 틈바구니에도 과꽃이 만발했다. 그 꽃을 밟을세라 조심스럽게 계단을 내려가 서고의 문을 연다. 긴 장마를 거친 해묵은 책 내음이 코에 와 닿는다. 서고에 난 창들을 모두 활짝 연다. 반지하로 된 서고라 햇빛이 나고 습도가 낮은 날이면 거풍擧風을 한다. 또 그런 날이면 내가 아끼는 한적韓籍 몇 백 권을 두세 시간 정도 포쇄한다. 책을 아끼던 우리 선조들은 정부에 포쇄관이란 직책을 두어 서고의 통풍·온도·습도 등을 조절하게 하고, 특히 여름철이면 곰팡이로 인한 훼손을 막기 위해 햇볕에서 말리고 바람을 쐬는 포쇄작업을 하게 했다. 이 포쇄관은 사고史庫에서 서적을 점검하고 관리하는 사관史官으로서, 예문관藝文館의 검열檢閱을 맡아 했을 정도로 그 비중이 컸다.

내가 두세 시간 지켜 앉아서 포쇄를 하는 책 중에는 주로 문집文集이 많다. 한적고서韓籍古書를 수집하거나 다루는 분들은 주로 간기刊記가 오래된 고려본高麗本이나 조선초기본朝鮮初期本 등과 귀한 금속활자본이나 오래된 목활자본을 중요시한다. 나도 그런 고서를 갖고 싶다는 욕심이 없는 것은 아니나, 나름대로 설정한 가치 있는 문집을 구했을 때 무척 보람되고 흐뭇하다. 한적고서 중에서도 개인의 시나 문장, 그의 행적 또는 찬사로 엮어진 문집은 딴 고서들에 비해 월등히 값이 싸다. 그런데 그런 문집 중에 내가 그동안 존경하고 흠모하던 선비들의 문집을 손에 넣게 되는 날은 그렇게 기분 좋을 수가 없다.

지난 해 가을, 인사동에 있는 통문관에서 정몽주 선생의 문집인 《포은시고圃隱詩藁》 초간본을 입수했을 때의 기쁨은, 발걸음을 어떻게 떼어 놓으며 인사동 골목을 빠져나왔는지 모를 정도였다. 그때 통문관에서 50미터도 되지 않는 곳에 있는 고서점 숭문각에 들러 주인에게 어린아이처럼 자랑을 하였던 기억만이 지금도 희미하게 남아있다.

이 《포은시고》는 정통正統 4년(1439)에 발간된 상하 합본 일책一冊의 목판본으로, 서문은 권근權近의 조카로 대사성을 지낸 권채權採가 쓰고 발문은 목은 이색이 쓴 정몽주 선생의 지조와 충성이 가득 담긴 시문집이다.

정몽주 선생은 〈단심가丹心歌〉를 읊고 선죽교에서 쓰러진 절개 곧은 선비면서도 이성계와 함께 조전원수助戰元帥로 왜구를 토벌하고 동북면東北面 조전원수로서 함경도에 쳐들어온 왜구를 토벌한 무인武人이기도 하다. 또한 명나라를 세 번이나 오가며 대명국교對明國交를 회복시키고 직접 일본 규슈九州의 이마가와今川了俊를 찾아가 왜구를 단속해줄 것을 청하여 응낙을 받아온 뛰어난 외교관이기도 했다.

햇볕은 따갑지만 풀잎 사이로 스며들어오는 서늘한 실바람을 등에 받으며 몇 권의 한적을 뒤적여 통풍을 시킨다. 얼마 전에 장안평 고서점에서 입수한 〈문절공김선생유고文節公金先生遺稿〉라는 책이 눈에 띄어 집어 들었다. 이것은 조선 초를 살다간 김담金淡이란 분의 문집이다. 이분은 1435년(세종 17년) 문과에 급제하고 집현전 정자正字로 뽑혀, 조선 역학曆學의 기본이 된 《칠정산외편七政算外篇》을 이순지李純之와 함께 만들었고, 1447년에 이조정랑吏曹正郎으로 문과중시文科重試에 급제하여 충주목사, 안동부사를 지내고 1458년(세조 4년)엔 경주부윤慶州府尹을 지낸 후 세조 9년에 이조판서에까지 올랐다.

그런데 이 문집 뒤편에는 그냥 지나쳐버릴 수 없는 명단이 첨부되어 있다. 1447년(세종 29년) 8월 21일에 세종대왕이 인재人材 중의 인재를 뽑기 위해 실시한 문과 중시의 합격자 명단榜目이 그것인데, 여기에는 1등 3인에 성삼문·김담·이개, 2등 7인에 신숙주·최백·박팽년·이석형·송처관·유성원·이극감 등 10인의 이름이 나온다. 이 열 사람중 최, 송 두 분은 후세에 잘 알려지지 않고 있지만, 나머지 여덟 사람은 네 사람씩 따로따로 반대 입장에서 역사에 남아 우리에게 많은 지식과 교훈을 주고 있다.

성삼문·이개·박팽년·유성원 등은 세조 원년에 상왕인 단종의 복위를 위하여 목숨을 바친 사람들이며, 김담·신숙주·이석형·이극감 등은 세조의 치정에 끝까지 협조하면서 영의정, 팔도관찰사, 형조판서 등 온갖 권력과 영화를 누린 사람들이다. 그 중 신숙주·이석형·이극감 등은 《동국정운》,《국조보감》,《고려사》,《치평요람治平要覽》,《의방유취醫方類聚》 등 많은 저서를 편술하기도 하였지만, 그러나 나에게는 성삼문이 처형당할 때 지은 시 한 수가 더욱 절실하게 다가온다.

> 서산에 뉘엿뉘엿 해 지려는데
> 북소리 둥둥 재촉하는 내 목숨,
> 황천 가는 길은 여숙旅宿도 없다던데
> 오늘 밤 나는 뉘 집에 자고 가나.

이 외에도 책은 낡을 대로 낡아 모서리가 닳아서 다 해어졌지만 보물처럼 간직하는 생육신 조여趙旅 문집, 병자호란 때 청나라에 항복하는 것을 끝끝내 반대하다 청나라에서 목숨을 잃은 삼학사三學士 중 홍익한·오달제 문집, 일본 침략에 항거하다 대마도에서 객사한 최익현의 《일성록日星錄》등을 만지고 있자면 모처럼 맞은 휴일의 오후도 시나브로 지나가고 만다.

요사이 민주화의 바람이 일자 많은 사람들이 분주하다. 그들은 무엇을 얻고 무엇을 추스르고자 하는지……. 순간이나마 잠시 멈추어 지난 역사를 돌아보고 먼 미래를 바라보는 작은 여유를 가져주었으면 좋겠다. 그래서 온갖 수난을 겪고도 마침내 결실을 맺고 마는 자연처럼 민주의 열매가 주렁주렁 맺히는 올 가을이 되었으면……. 1987

# 고서는 지知요, 향香이요, 귀貴다

나는 철이 들면서부터 깨끗한 모래사장에 잔잔한 파도가 밀려왔다 밀려가는 그런 글을 쓰고 싶었다. 파란 파도처럼 맑고 깨끗한 글에다 파도 끝에 하얀 색깔을 달고 모래톱을 스쳤다 사라지는 그런 여운을 남기는 글을 쓰고 싶었다.

그래서 글을 썼다. 그리고 그 글들을 책으로 만들어 보고 싶은 욕망이 생겼다. 그 욕망이 이루어지자 그 책을 남에게 읽히고 싶은 충동이 생겼다. 그런 욕망과 충동이 세월이 흐르면서 나의 일생을 건 직업이 되고 말았다.

나는 내가 직접 글을 쓰거나 다른 분들의 글을 모아서 책을 만들고 책을 파는 일로 40여 년을 살아왔다. 그러는 동안 내가 만든 책이 아니라 남이 만들어 놓은 좋은 책을 모아보고 싶다는 생각이 들었다. 나는 책을 모으기 시작했다. 그러다 가능하면 오랜 역사를 간직한 책을 모아보고 싶다는 욕심이 생겼다. 조선조 후기에서부터 전기로, 그리고 가능하면 고려본도 수집해 봐야겠다는 생각을 가지고 있으나 그것은 그렇게 용이한 일은 아닌 것 같다. 그러나 그 바람을 포기하지 않고 항시 가능성을 가지고 고서점이나 벼룩시장을 드나든다.

고려 고종 26년(1239)에 고려활자본을 중조하였던 책을 그 후에 다시 새겨서 간행한 《남명천화상송증도가南明泉和尙頌證道歌》를 불경고서더미 속에서 찾아 단돈 몇 푼에 사 가지고 와서 서지학자에게 보였더니, 간기刊記는 희미해서 분별할 수 없지만 중대사重大師라는 직함이 있어 고려시대에 찍은 책이 분명하다고 하니 그렇게 기쁠 수가 없었다. 또, 고려 공민왕 19년(1370)에 왕의 장인인 안극인安克仁이 발원 간행한 '금강행원불조삼경합부金剛行願佛祖三經合部'란 표제가 금박의 꽃무늬 속에 찍힌 600년이 넘는 수진본袖珍本 불경을 손에 쥐고 있노라면 열반에 달한 기분이다.

태조 4년(1395)에 무학대사가 회암사에서 간행한 《인천안목人天眼目》, 세종 9년(1427)에 주자소에서 인출한 서문은 계미자癸未字이며 본문은 경자자庚子字본인 《중신교정입주부음통감외기重新校正入註附音通鑑外紀》는 귀중한 고서다. 또, 보물 774호의 이본인 선종 영가집 《禪宗永嘉集》 언해본은 간경도감에서 세조 9년(1464)에 간행한 책으로, 모두 볏짚종이藁精紙로 되어 있어 냄새가 향긋하다. 그리고 을해자

乙亥字 분류두공부시分類杜工部詩 한글본 13,14권도 어느 책 못지않게 아끼는 책이다.

그 낡고 헌 종이 위에 새겨진 활자 속에 기나긴 역사와 숱한 사연이 얽혀 있는 것들은 모두 나에겐 귀중한 보배다. 그래서 고서는 지知요, 향香이요, 귀貴다. 1991

# 한길의 의미

나는 산행을 즐긴다. 산행 중에서도 가벼운 산행을 즐긴다. 아침에 산책을 하듯이 산을 오르는가 하면 일요일에도 간단한 도시락을 배낭에 넣고 일흔이 넘은 노교수들을 따라 산에 오른다. 어떤 때는 산 중턱에서 오르기를 멈추고 담소를 하다가 점심을 먹고 이른 시간에 하산을 하는가 하면 어느 때는 산등성을 타기도 한다.

그런데 매양 가는 산이 관악산이다. 또 등산로도 일정하게 정해져서, 중간쯤에서 멈출 때에는 여름이냐 겨울이냐에 따라 좀 다르지만 거의 일정한 곳에서 점심을 먹는다. 우리들이 흔히 말하는 풀코스란 서울대학교 앞에서 제1야영장 쪽으로 올라 산 능선을 타고 삼막사 못 미쳐 애서가 바위 밑으로 뚫린 계곡을 따라 내려오는 길이다. 근 20년이 되도록 관악산만 다녔으며 다니는 코스도 거의 같다. 한 번쯤 관악산의 정상인 연주봉에라도 올라 보자는 제의가 있을 법한데 그런 일도 없다.

1988년 세계 올림픽이 서울에서 개최되던 때 얼마 동안 관악산 등산이 통제된 일이 있었다. 그때 우리들은 그런 통제령을 내린 사람에게 욕사발을 퍼부었다. 관악산에서 누가 비행기에 다 총질을 할 것이라고 부질없는 짓들을 해 1주일에 한 번 만끽하는 우리들의 즐거움을 막는 거냐고 욕설을 퍼부으면서, 그동안만은 다른 산에 다녔다. 관악산이 멀리 보이는 청계산을 오른 것이다. 몇 번 다녀 보았지만 관악산만큼 정이 들지 않아 입산금지 해제가 되자마자 다시 관악산 산행을 시작해 지금껏 계속해오고 있다.

산을 좋아하는 사람들은 무슨 재미로 관악산만 다니느냐고 말하기도 한다. 돌이 많아 숲이 무성하지 않고 물도 적고 쉴 만한 곳도 적당치 않은 악산인데 한번쯤 산을 바꾸어 보라는 것이다 산을 오르는 재미 중에 항시 새로운 산을 대하는 재미와 정상을 정복하는 재미가 으뜸인데, 맨날 같은 코스를 매양 단조롭게 산허리나 맴돌다 돌아오는 그런 무의미한 산행을 무엇 때문에 하느냐는 산 친구도 있다.

그러나 매주 가는 산이 같은 산이요 같은 코스지만 나에게는 항시 새롭다. 1주일 전에 올랐던 산의 모습이 오늘 다르고, 오늘 오를 때 본 자연은 다음 주에 오를 때면 또 달라져 있다. 아침에 산에 오를 때 나뭇가지마다 쌓였던 하얀 눈은 오후가 되어 하산할 때면 벌써 그 무거운 눈덩이를 쏟아버리고 홀가분한 자태로 제 모습을 드러내고 있다. 산의 모습은 계절에 따라 매주 완연히 바뀌고, 겨울잠이 든 나목마저도 한풍에 흔들리면서 다가올 봄빛을 맞기 위해 햇빛을 향해 다소곳이 서 있다.

나는 일요일날 똑같은 시간에 똑같은 산길을 오르면서 거의 같은 지점에서 하산하는 손진흥이란 친구를 만나는 경우가 자주 있다. 그 친구가 20여 년 전 나와 같은 직장에 있었던 친구다. 나와 헤어지고 부산에서 사업을 하던 그 친구에게 신세를 진 일이 있다. 그러다가 몇 년 전에 서울에 올라와 소공동에 사무실을 내고 수출업을 하던 그가 한두 번 전화를 해 만난 일이 있다. 그 후 몸이 불편하다는 말을 듣고도 시간을 내어 한번 찾아가보지 못했다. 그래서 마음으로는 그에게 큰 죄를 지은 것처럼 부담을 떨쳐버릴 수가 없었다. 그런데 얼마 전부터 아내와 같이 산행을 하는 그의 건강한 모습을 볼 때마다 내가 진 큰 빚을 갚은 것 같은 생각이 들곤 한다. 그가 몇몇 친구들과 어울려 이야기를 나누느라 나를 보지 못하고 스치려 하면 내가 먼저 '손 형!' 하고 그를 불러 세우고 몇 마디 인사를 나눈다. 그렇게 먼저 그를 알아봄으로써 나는 옛 빚을 다 갚은 것 같은 상쾌함을 맛본다.

나는 이렇게 일정한 코스의 가벼운 산행길에서 옛 친구

를 만나기도 하고 스승과 선배를 만나기도 한다. 그리고 정상 정복이란 쾌감 대신 산행길에서 인생의 선배들이 들려주는 덕담과 재담은 나에게 지적인 쾌감을 만끽하게 한다. 항시 동행하는 스승들은 이렇게 일정한 산길을 벌써 30여 년이나 걸어 왔으며 자신들의 학문의 길에 있어서도 단 한 번의 곁눈질도 없이 한길을 걸어오신 분들이다.

한길을 가라, 그러면 깨달음이 있을 것이다. 결코 후회하지 않을 것이니 한길을 가라는 무언의 시사를 나는 매주 산행길에서 배우고 깨달았으며 가벼운 발걸음으로 그분들의 뒤를 따르고 있다. 1992

# 비석을 세울 만한 삶

이틀 예정으로 직원들과 함께 역사산책을 떠났다. 5월의 신록에 철쭉과 참꽃, 영산홍이 어울린 풍경은 오랜 도시생활에서 찌들대로 찌든 때를 금세라도 벗는 듯한 기쁨을 나에게 안겨주었다.

우리가 첫발을 디딘 곳은 구례 화엄사였다. 1,500년의 긴 역사 속에 연기대사, 의상대사, 벽암대사 등 큰스님들이 남기고 간 흔적이 완연했다. 임진왜란, 여수·순천사건, 6·25전쟁 등 숱한 병화兵禍로 많은 피해를 입었으나 수려한 산세와 신비로운 절경들이 옛 그대로의 모습으로 되살아나듯, 화엄사도 긴 역사의 파편과 흔적을 보전하거나 복원하여 국립공원 속의 대찰大刹로서 손색이 없었다.

어느 시대 어떤 역사적 유물에도 반드시 큰 획을 그은 인물의 영향이 있게 마련이다. 인조대왕 때 못 하나 사용하지 않고 조선시대의 건축 예술을 대표하는 대웅전을 지어내고,

덕이 높은 스님들의 모습을 모신 영전影殿과 나한전羅漢殿
등을 세우거나 중수한 벽암대사가 없었던들 오늘의 화엄사
가 있을 수 있었을까 하는 느낌을 주었다.

벽암대사는 역사의 뒤안길을 서성이다 간 방관자가 아
니라 항시 역사의 정면에 서서 싸운 대선사요 애국자였다.
스님은 임진왜란이 일어난 이듬해인 선조 26년에 부휴선
사를 따라 싸움터에 나가 해전에서 공을 세웠으며, 인조
14년 병자호란 때에는 의승 3,000명을 규합하여 항마군降
魔軍이라 칭하고 북상하던 중 강화講和가 성립되자 화엄사
로 온 후 무주의 적상산성赤裳山城에 있는 사고史庫를 보호
하기도 했다. 이 사고에 있던 책들은 지금도 구황실문고舊
皇室文庫로서 보존되고 있다.

우리 일행은 '지리산 대화엄사 일주문'을 나선 후 섬진
강 맑은 물줄기를 따라 영·호남이 어울려 선다는 화개장
花開場터를 지나 하동 쌍계사로 향했다. 쌍계사로 오르는
길옆에는 차茶의 전래에 관한 내력이 적힌 다비茶碑 등 많
은 비석이 있었다. 도중에 눈에 띄는 큰 바위에 이름들을
새겨 놓은 작태는 보는 이의 얼굴을 찌푸리게 하기에 충
분했다. 몸 바쳐 공적을 쌓으려하지 않고 얄팍한 처세로
공명을 누리거나 허명으로 세상을 풍미하는 사람들의 작
태를 보는 것 같아 입안이 씁쓸했다.

쌍계사도 벽암선사가 중수한 오랜 절이다. 대웅전 앞뜰

에는 모진 풍상과 사람들의 손에 의해 마모되고 한쪽이 파괴된 국보 47호 '진감선사대공탑비眞鑑禪師大空塔碑'가 자리해 있었다. 이 탑은 신라 말기의 고승인 혜소慧昭스님의 공덕비로 신라 정강왕이 최치원으로 하여금 글을 짓고 쓰게 하여 세워진 것이다.

나는 집에 소중하게 간직하고 있는 목판인쇄본인 《진감선사비문》을 그리면서 진주 촉석루로 향했다.

임진왜란과 6·25전쟁의 숱한 역사를 안고 두 번이나 파괴되고 불탄 자리에 의연히 고풍스럽게 서 있는 촉석루를 보니 장하다는 생각이 앞섰다. 그 옆에 자리 잡은 논개의 사당 안 영정 앞에서는 '강낭콩보다도 더 붉은', 나라를 향한 그녀의 충정을 읽을 수 있었다.

서울로 오는 길에 차창에 기댄 나는 스쳐 가는 산기슭에 묻혀있는 숱한 중생들의 무덤을 보며 생각했다. 한탕주의에 빠져 살다간 사람, 봄에 씨 뿌려 가을에 거두는 농사식 인생을 살다간 사람, 과일나무를 심고 4,5년 가꾸어 10여 년 열매를 얻은 사람, 값진 비문을 남기고 간 사람…….

찰나주의가 판치는 세상에서 그래도 몇 백 년 후에도 역사에 길이 남을 비석을 세울 만한 삶을 살다 간 사람들을 흠모하며, 지그시 눈을 감았다. 1990

## 소록도로 가는 길에

기적소리가 없다. 잔뜩 멋을 부리며 목대를 쭉 꼬아 올리고 가락을 길게 뽑던 수탉의 울음소리와 같은 기적汽笛이 없다.

기차는 움직이기 전 몇 번이고 기적을 울렸다. 떠남의 아쉬움을 달래고 미지의 설렘을 잠재우려 기적은 울었다. 목이 쉬도록 울어대다 지친 듯 가느다란 여운을 남기며 기차는 움직였다.

나는 이런 증기기관차에 실려 몇 해 동안 통학을 하기도 하고 고향을 떠나 이역천리에서 타관 생활도 하였다. 가슴 아픈 헤어짐도 기적이 울어대는 간이역에서 맛보았고 즐거운 만남도 기적소리를 남기고 떠난 플랫폼의 전등 밑에서 맞았다. 두꺼비 같은 잔등에서 하얀 김을 내뿜으며 덜거덕거리며 출발하던 그런 기차는 사라진 지 오래다. 힘겹게 달리다 허허덕거리며 숨가빠하던 그런 기관차가 그

162

립다.

기적도 없이 차창이 움직인다. 기차가 앞으로 간다기보다 빌딩이 뒤로 하나하나 밀리고 있다.

아침 7시 35분. 호남선을 타고 고흥반도 아래 있는 소록도에 가기 위해 남으로 간다. 그 옛날 풍광風光이 아니다. 가도 가도 빌딩숲이다. 일본 도쿄東京에서 신칸센新幹線을 타고 한없이 달려도 인가人家가 그치지 않았다. 그 모습이다. 미국 뉴욕으로 달리는 기차의 차창에서 보았던 산덩어리 같은 쓰레기 더미와 거기에 운집한 수많은 갈매기 떼 그 영상이 스친다. 20여 년 전 이국에서 느꼈던 인간이 자연을 무자비하게 침식하고 있구나 하는 생각이 오늘 내 나라에서 일어나고 있다.

철로변에 늘어선 기름 탱크와 가스탱크의 맘모스 기둥. 두엄두엄 널려 있는 컨테이너의 철근덩어리, 육중한 시멘트 콘크리트로 이어지고 있는 고가高架도로, 하늘을 찌를 듯한 아파트 산맥山脈. 잠깐씩 푸른 산과 숲의 공간은 눈의 피로를 잠재워 준다. 평택을 넘어서자 논과 밭이 어우러진 들판이 가끔 시야에 닿는다. 어쩌다 숲이 우거진 야산野山 중턱을 포크레인이 무자비하게 파헤쳐 살갗에서 핏방울이 뚝뚝 떨어지는 것처럼 황토바닥이 빨갛다.

한하운 시인이 며칠씩 걸려 걸었던 전라도 가는 황톳길을 나는 흑마를 타고 간다.

가도 가도 붉은 황톳길/ 숨 막히는 더위뿐이더라.

낯선 친구 만나면/ 우리들 문둥이끼리 반갑다.

天安 삼거리를 지나도/ 쑤세미 같은 해는 西山에 넘는데

가도 가도 붉은 황톳길/ 숨 막히는 더위 속으로 절름거리며 가는 길

신을 벗으면/ 발가락이 또 한 개 없다.

앞으로 남은 두 개의 발가락이 잘릴 때까지/ 가도 가도 千里 먼 전라도 길

나는 이 〈소록도로 가는 길〉이란 부제가 붙은 〈전라도 길〉이란 시를 되뇌며 차창 밖을 본다. 보리가 익어서 들판이 누렇다. 한하운 시인이 인간 세를 원망하면서 보리피리 불며 황톳길을 걸었으리라.

전주를 넘어서니 눈마저 시원하다. 이것이 얼마나 큰 자산인가. 호남 푸대접이니 경제부흥 사각지대니 소외지대니 하던 이 터가 이 나라 마지막 보고寶庫가 아닐까?

그러나 고흥읍을 지나 봉황산 건너편 야산에 쌓인 쓰레기더미를 보니 환경 공해병이 이곳까지 깊숙이 전염되었구나 하는 생각이 한숨을 자아냈다.

녹동에서 우리는 서울에서 가져온 책 열 상자를 배에다 싣고 소록도로 건너갔다.

자연은 지상의 낙원인데 이 땅은 어느 때부터인가 하늘이 벌을 내린 천형天刑의 땅이라 불리어왔다. 절망의 땅, 죽음의 땅 '천애天涯의 고도'로 불려져 왔다.

고흥반도의 땅 끝에서 6백 미터 거리의 아름다운 섬. 사슴 모양을 닮았다고 하여 사슴마을이라 불리어진 천혜天惠의 섬이었다.

특히 6천 평의 중앙공원은 갖가지 관상수로 잘 가꾸어져 있다. 극과 극은 그렇게도 가깝고도 먼 것인가. 문둥병으로 온 육신이 일그러진 그 육체들이 몸담고 있는 이곳의 지척간에는 세계에서 가장 아름답다는 공원이 나무와 꽃과 벌과 나비들의 에덴동산을 방불케 하고 있으니 말이다.

일제시대에 일본인 스호周防 병원장과 수간호장인 사토佑藤가 나환자들을 노예처럼 부려 바위를 옮기기 위해 목도를 매면 허리가 부러져 죽고 목도를 놓으면 사토의 채찍에 맞아 죽는다고 하여 중앙공원 가운데 있는 큰 바위를 매바위라 불렀다. 그 매바위에 수호는 자신의 동상을 세웠으나 얼마 후 그는 그 동상 앞에서 사열을 받다가 나환자에게 죽임을 당했다.

지금은 그 동상의 모습은 사라지고 동상 받침대만 남아있다. 매바위에 한하운의 한 맺힌 절규가 새겨져 있다.

보리피리 불며/ 봄언덕/ 고향 그리워 피리 닐니리

보리피리 불며/ 꽃청산/ 어릴 때 그리워/ 필닐니리/

보리피리 불며 인환의 거리/ 인간사 그리워 피리 닐니리

보리피리 불며 방랑의 산하/ 눈물의 언덕을 지나/ 필닐니리

지금 이 소록도에는 평균 연령 68세인 1천 1백여 명의 나환자가 있다. 그리고 의사·간호원·관리직 등 230여 명이 그들을 돌보고 있다. 그런데 환자의 노령화로 치매증세마저도 심하여 초인超人이 아니면 견디기 힘든 간호의 자리를 지망하는 간호사들이 많다는 안내자의 말을 듣고 코끝이 시려왔다.

달구지를 끌고 해변가 모퉁이를 돌아가는 나환자가 눈에 들어왔다. 일그러진 모습에 전혀 표정이 없다. 뒤이어 하얀 옷을 입은 간호원이 숲이 우거진 오솔길로 사라진다. 그는 천사였다.

올해로 80년의 역사. 이 소록도의 역사만큼 쓰리고 아픈 역사가 이 지구상에 얼마나 있을까? 분명 이 땅이 우리 모두의 천국이 될 날이 오리라는 희망이 파란 하늘가에 아지랑이처럼 피어올랐다. 1996

# 남산 지하실

여름풀이 우거져 있었다. 잡목에 담장 넝쿨이 얽혀져 비가 내리는 오후라 더욱 음산스러웠다. 남산 옛 중앙정보부의 입구는 막혀있고, 시민공원으로 조성된 길을 따라 지금은 서울시청개발연구원으로 쓰고 있는 그 악명 높았던 하얀 건물이 소름 끼치도록 증오스럽다. 벌써 4반세기의 세월이 흘렀다.

1972년 10월 유신이 나던 해 겨울, 나는 이곳으로 붙들려 왔다. 도망을 다니다가 중앙정보부 요원에게 붙들려 개 끌리듯이 남산으로 끌려와 정문에 들어서자, "×× 잡아왔다"는 고합소리에 어디서 몰려왔는지 뭇사람들의 주먹과 구둣발에 맞고 채여 나는 혼비백산이 되었다.

10월 유신이 나기 직전 나는 연세대학교 김동길 교수의 《길은 우리 앞에 있다》라는 수필집을 만들고 있었다. 표지

그림을 시인 김지하 씨가 그려주겠다고 하여 기다리다 책 제작이 늦어지는 바람에 계엄령이 선포된 직후 책이 출간되었다. 국회가 해산되고 많은 사람들이 감옥에 들어가고 모든 출판물은 계엄사령부에서 검열을 받게 되었다. 그런데 김 교수의 수필집은 '가자 길은 우리 앞에 있다. 이 길은 안전하다. 내가 걸어보았다. 지체하지 말라'로 시작되는 휘트먼의 시에서부터 판권 앞 페이지까지 모든 내용이 군사정권이 싫어하는 내용이라 검열을 통과할 리 만무하였다. 그러나 만들어 놓은 책을 모두 폐기처분해도 괜찮을 만큼 나의 형편이 여유로운 처지가 아니었다.

종이값부터 모두 외상으로 하였으니 책을 팔지 못하면 몽땅 채무만 껴안게 되어 파산을 할 수밖에 없었다. 그리고 또 한편으로는 유신정권 하에 이 책은 한 사람의 독자에게라도 읽혀야 한다는 투사적 정의감이 치솟기도 하여, 그 살벌한 분위기 속에 책을 당국 몰래 서점에 배포하였다. 또 당시 연세대 학생이었던 김학민 씨가 학생조직을 통해 판매하다가 중앙정보부에 붙들려가고 서점 영업을 하던 서정연 영업부장도 붙들려가 곤욕을 치렀다. 그리고 필자인 김동길 교수도 연행되어 조사를 받고 나왔다는 소식을 들었다.

나는 계엄령이 풀릴 때까지 피해보겠다고 마음먹고 도망을 다니면서 수금도 하고 다음 출판물인 '일본 침몰'이란 책을 제작하러 인쇄소에 들렀다 붙잡혔다.

수갑을 채운 채 승강기 입구에서 초등학교를 같이 다녔던 A를 만났다. 그가 그곳에 근무하고 있다는 소식은 들었지만 참으로 우연이었다. 나를 끌고 가는 정보원에게 깍듯이 인사를 했다. 나는 고개를 돌렸다. 모른 체했다. 그도 그랬다. 아니 그는 오랜 세월이 흘렀으므로 나의 기억을 잊을 수도 있다. 그가 나를 아는 척했다고 하여 그가 이로울 것도 없고 또한 내가 이로울 것도 없으니 모르는 척해 주는 것이 다행이라 생각했다. 몇 층인지 모르지만 우리가 먼저 내렸다. 그곳에서 참기 어려운 취조와 고문이 시작되었다. 맨바닥에 꿇어앉히고 양다리 사이에 각목을 끼워 놓고 각목을 밟아대는 것이다. 다리가 부러질 것 같은 아픔, 악마저도 지를 수 없는 고통이었다. 그 고통 속에서도 내 의지를 꺾지 않으려 발버둥 쳤다. 고문이 끝난 후 사면이 가려진 깜깜한 지하실에 갇혔다. 신음소리가 들렸다. 희미하게 밝아오는 불빛 속에 움직이는 물체가 보였다. 좀더 모습이 뚜렷해졌다. 거구인 몸에 걸친 옷 등이 찢기어져 있었다. 그는 집권당의 전국구 국회의원 예비후보였는데 10월 유신이 선포되자 국회가 해산되어 국회의원의 꿈이 깨어져 박정희 대통령을 비방하다가 붙들려 왔다고 한다. 나는 필화사건 등으로 이런 곳을 드나들었던 선배답게 "이 좁은 공간을 우주로 생각하고 시간이 약이니 마음을 편하게 잡수시오. 그리고 J형이야 잘못했다고 반성문 한 장 쓰면 나가게 되지 않겠소"하고 위로까지 했다. 이것은 엄청난 거드름이요, 자기과시다. 내 자신이 겪고 있는 이 현실을 어디에다가도 호소할 곳 없는 막연함. 몸과 마음의 옥죄임 등이 나를 한없이 엄습해왔다. 나는 2박3일의 끈질긴 취조 끝에 압수당한 출판물의 포기 각서와 계엄령 하에 부정 출판물을 배포한 죄를 용서해 달라는 반성문을 쓰고 풀려나오니 깜깜한 밤이었다. 큰길 건너 충무로 거리의 네온 불빛이 유난히도 화려했다. 이어진 명동거리를 걸었다. 을지로입구에 오니 불빛들이 꺼져가고 있었다. 통행금지 시간이 다가오고 있구나 하는 것을 느꼈다. 또다시 갇힌다는 강박감에 급히 택시를 세웠다. 다시는 갇히는 사람이 되어서는 안 되겠다는 생각을 했다.

남산 기슭에 있는 옛 중앙정보부 자리에서 그 숱한 사람들이 인간으로서는 형용할 수 없는 모진 고통을 받고 병신이 되거나 그 후유증으로 죽어간 곳이다. 그러나 아무런 일도 없었다는 듯이 푯말 하나 없이 역사의 뒤안길에 묻혀가고 있다.

독일연방회는 지난 달 25일 유태인을 학살한 범죄에 대한 반성의 뜻이 담긴 만말(Mahnmal)이라는 경고기념물을 세우기로 의결하였다. 동서독 분단의 상징이었던 브란덴부르크 문 남쪽에 2만㎡의 넓은 터를 마련해 독일 국민이 저지른 유태인 학살 범죄에 대해 속죄하는 자성自省의 장이라 할 수 있는 자료관을 세우는 것이다.

이제 우리도 그 을씨년스러운 하얀 건물에서 고통 받던 사람들의 일부가 집권의 대열에 섰다. 이제 그곳을 유신정권의 혹독했던 과거사를 조명하는 역사의 현장으로 가꾸고 보존하여야 한다. 그래서 유신정권은 어떤 짓을 했는가. 민주인사들이 어떻게 고통을 받았는가. 남산의 중앙정보부에서는 무슨 짓들을 했는가 하는 자료도 보존하고 거기에 대한 냉철한 역사적 평가도 따라야 한다. 그래서 반역사적, 반민족적이고도 반민주적인 행위자가 우리 역사에 다시 나오지 않게 막아야 한다. 군사독재에 쓰러져간 민주인사들의 위령탑이라도 있었으면 분향재배하고 싶은 심정을 가슴에 묻고 가랑비를 맞으며 비탈길을 내려오는 자동차의 클랙슨 소리에 깜짝 놀라 길을 비켰다. 아직 27년 전 그곳을 나올 때처럼 어둡지는 않았지만 물안개가 앞을 가릴 만큼 몰려왔다. 1999

# 가문家門

열서너 살 되던 해인 것 같다. 우리가 살던 곳은 땔나무가 귀한 곳이라서, 겨울방학 동안만이라도 따뜻하게 지낼 요량으로 50리 길도 멀다 않고 산간벽촌에 있는 큰집을 걸어서 찾아간 일이 있다. 그날 밤은 생각한 대로 따뜻하게 편히 쉬었다. 그런데 이튿날 동이 틀 무렵부터는 할아버지의 지엄하신 명을 받들어 대나무로 엮어 만든 고리짝 속에 담겨져 있는 《파평 윤씨 세보》의 중요한 부분을 읽고 옮겨 써야 했다.

빛깔이 바랜 세보世譜를 뒤적이면서 나는 처음으로 내가 시조始祖 신달莘達 할아버지로부터 37세손이란 것과 숭정대부崇政大夫 이조판서를 지낸 소정공昭靖公 곤坤의 22세손이란 것을 알았으며, 선조들의 고향이 경기도 파주와 양주군 청송이었는데 전라도로 내려와 살게 된 연유도 알게 되었다.

172

이조 선조 때 무과武科에 급제하여 전라도 보성군수로 부임했던 윤익명尹翼明 25대조가 임진왜란 때 의병장義兵將 좌수군별장左水軍別將으로 참전하셨다가 여수 나진포羅津浦 전투에서 전사하시어 그곳에 묻히셨다.

그분의 외아드님이신 봉징鳳徵 자字 몽수夢水님이 삼남수군 도독초령三南水軍都督招令으로 계시다가 큰집이 있는 돌산突山 작은복골 선산에 안장되신 후 12대가 그곳에서 살아오고 있다는 것도 알게 되었다. 직계直系 37대를 내려오면서 5대조인 윤관尹瓘님은 여진을 쳐서 9성을 쌓은 장군이며 한림학사고, 그 아드님인 언이彥頤님은 칭제북벌론稱帝北伐論의 영수領袖며 김부식金富軾의 사대사상을 배격하고 낭가郎家의 독립사상을 고취하신 분으로 역사에 남아있다.

할아버지 말씀대로 할아버지의 선조 서른네 분 중엔 과거에 급제한 분만도 열 분이요, 대제학을 지내신 학자, 이조판서를 지낸 고관, 한성부사漢城府使를 역임한 행정가도 계신다.

여러 권으로 된 두툼한 한적韓籍의 세보와 중종대왕비中宗大王妃며 인종仁宗의 생모生母인 장경왕후章敬王后를 비롯한 왕후가 된 세 분 할머니의 기록이 담긴 왕비록과 부마록駙馬錄, 효자록, 열녀록 등을 들추어보면서 중요한 부분은 서투른 한자로 기입해두기도 했다.

그때 할아버지께서는 방대한 세보를 다 만들어 집안들

이 나누어 갖지는 못하더라도, 네가 자란 후 직계의 업적과 사적을 기재한 가승家乘만이라도 인쇄를 해서 문중 여러 집에 나누어주라고 당부하셨다.

그렇게도 가문을 중요시하시던 조부님이 타계하신 지도 퍽 오랜 세월이 흘렀다.

요즘 들어 틈만 생기면 그것도 나이 탓인지 가끔 가승록을 만들어볼까 하는 생각을 갖는다. 그래서 원고를 매만지다가도 34대조인 증조부님이 광서光緖 18년 7월 25일 호조참판으로 추증追贈되었다는 기록과 35대조인 조부님이 임인壬寅 7월 25일에 감찰監察 겸 병조참의兵曹參議의 벼슬을 하셨다는 기록을 대하면 왠지 석연치 않은 느낌이든다. 한말韓末의 매관매직이 심하던 때, 혹시 논밭을 팔아서 벼슬을 사신 것이나 아닐까 하는 의혹에 미치면 가승家乘을 만들고 싶은 의욕이 삽시간에 사라진다.

국운이 기울고 나라를 빼앗기는 어려운 상황에 처해 차라리 조부님이 일개 무명의 의병義兵이라도 되어,

　　나라 없는 우리 동포 살아 있기 부끄럽다/ 땀 흘리고 피 흘려서 나라 수치 씻어 놓고/ 뼈와 살은 거름되어 논과 밭에 유익되네/ 부모 친척 다 버리고 고향 떠난 동지들아/ 백두산에 칼을 갈고 두만강에 말을 먹여/ '앞으로 갓' 하는 소리에 승전고 높이 울려 둥둥 만세 만세

하고 〈복수가〉를 목청껏 불러대는 항일抗日 투사이기라
도 하셨다면 얼마나 자랑스러우리. 고려 건국공신이었던
우리 가문의 시조로부터 천년을 살아오는 동안, 선조들은
얼마나 역사에 부끄럽지 않은 삶을 살아오신 것일까? 영
화를 누리기보다는 하늘을 우러러 한점 부끄러움도 없는
생애를 마치신 분은 과연 몇 분이나 될까? 어려운 현실을
애써 외면하며 그저 안일하게만 살아가는 오늘의 나를 가
리켜 천년 후의 후손들은 또 무엇이라고 말들 할까?

한 세대를 화려하게 풍미하지는 못할망정, 비록 백두白頭
나마 역사 앞에 떳떳하게 살고 싶은 것이 내 작은 소망이
고, 그 소망이 욕심으로 넘치는 일이 없도록 자신을 꾸준
히 지키는 것이 오늘의 내가 해야 할 일이란 생각이 더욱
강렬해짐은 어인 일일까. 1978

# 출생지에 얽힌 이야기

금년 정초에 서랍을 정리하다가 빛바랜 호적등본 한 통을 발견하였다.

누런 미농지에 적힌 조부님의 함자가 아직 지워지지 않은 것으로 보아 할아버지가 생존해 계셨던 40년 전 것인 모양이다.

그 등본에는 백부님 내외와 사촌형들의 함자는 그대로인데 넉 장 째에 나오는 아버님의 함자와 아홉 장째 나오는 내 친누님 춘자春子라는 이름 위에는 ×표시를 해서 이름이 지워져 있었다.

그리고 누님 이름 위의 기재란에는 '서기 1938년 7월 28일 오전 8시 고베神戶시 미유키도오리御幸通 3정목丁目 5번지의 33호에서 사망. 호주 윤기홍尹基洪(조부님) 계출'이라 적혀 있었다.

나는 눈이 번쩍 띄었다. 그동안 오매불망 찾았던 내 출생지의 정확한 주소를 알게 된 것이다.

나는 일본 고베라는 항구 도시에서 태어났다. 20년 전 세상을 떠나신 어머니께서 고베 산노미야三宮역 근처의 바다가 보이는 2층집에서 나를 낳았다고 하셨다.

1935년 음력 동짓달 보름날 바닷물이 만조滿潮였던 아침 10시에 나를 낳았는데, 누워서도 창문 너머로 기선汽船의 굴뚝이 보였다는 말씀도 해주셨다. 그리고 아기 때 저녁 무렵만 되면 무척 울어 댔고 그럴 때면 나를 업고 산노미야역으로 갔는데 사람들이 들끓는 역 구내에 가면 곧잘 잠들곤 했다는 것이다.

그래서 내가 태어난 곳이 고베 산노미야역 근처, 바다가 보이는 어느 곳이겠지 하는 막연한 생각을 갖고 그동안 살아 왔다. 내가 태어난 곳을 뚜렷하게 말씀해 줄 분은 한 분도 생존해 계시지 않아 그저 막연한 동경의 대상으로 여기며 긴 세월을 보내왔다.

10여 년 전부터 동경에서 열리는 국제도서전 등을 참관하기 위해 가끔 일본을 가기는 했지만 고베는 그동안 한 번도 가지 않았다. 정확한 주소를 알지 못하기에 서울 김 서방 집 찾기 식이 될 것 같아서 그저 꿈의 환상지로만 남겨 두었다.

그런데 운 좋게도 해묵은 호적등본 속에서 그토록 알

고 싶었던 출생지의 정확한 주소를 알게 된 것이다. 나보다 두 살 위인 춘자 누님도 그곳에서 태어나 여섯 살에 죽었다. 춘자 누님은 나를 무척 좋아했다고 한다. 나와 같이 찍은 사진이 몇 장 있는데 무척 예쁜 얼굴이었다. 아버님은 아들인 나보다 딸을 더 예뻐해 춘자 누님이 죽은 후 상심한 나머지 그곳 철공소를 팔고 도쿄東京 근처에 있는 가나가와神奈川현 사가미하라相模原라는 곳으로 이사를 했다고 한다.

나는 그곳에서 초등학교 3학년까지 다니다가 1944년 해방되기 한 해 전에 한국으로 왔다.

참으로 오고 싶던 한국이었다. 같은 학년에 조선인이라고는 나 하나뿐이었고 일본 아이들은 조선인을 멸시했다. 마늘 냄새, 김치 냄새 난다고 같이 짝이 되려고도 하지 않았다. 친구가 그리운 어릴 때 누구 하나 말동무가 되어 주지 않았다. 나는 그 분풀이로 일본 아이들과 싸우고 그들의 신을 모시는 진자神社 지붕 위에 방뇨를 하는 등 소란을 피우기도 하였다. 그래서 나에게는 일본인에 대한 적개심 같은 것이 항시 잠재되어 있었다.

그러나 어릴 때 숱한 말썽을 피우며 자란 그 땅에 대한 그리움 같은 것이 야릇한 심정으로 나를 가끔 동요케 했다.

그래서 금년 2월, 호적등본 속의 주소를 보고 느꼈던 흥분이 가시기 전에 오사카大阪행 비행기를 타고 일본으로 향했다. 오사카에 도착한 후 호텔에 여장을 풀고 잠을 청했으나 잠을 이룰 수가 없었다. 내가 태어난 그 집이 그대로 남아 있을까, 그곳은 한국인들이 많이 모여 살았다는데 혹 나의 부모님을 아시는 분이 계셔서 지나간 50년 전의 이야기를 들을 수 있을까, 또 죽은 누님의 유해遺骸를 납골당에 봉안했다는데 혹 찾을 수 있을까 하는 만감이 교차하면서 생각의 꼬리는 계속 이어졌다.

이튿날 아침을 먹는 둥 마는 둥 하고 동행인 김승일 박사와 같이 오사카 역에서 고베 산노미야로 가는 특급 JR선을 탔다.

차 안에 있는 사람들은 신문, 잡지 또는 책들을 열심히 보고 있었다. 나도 문고본을 한 권 꺼내 들고 읽기 시작했으나 머리에 들어오지 않았다. 나는 누가 출생지를 물을 때 일본 고베라고 하기보다 내 선조가 오래 살았던 고향을 대는 경우가 많다. 그렇게 홀대했던 곳을 찾아가면서 이렇게 마음이 설레는 것은 내 생의 작은 실뿌리 한 가닥이나마 그곳에 착근되어 있었던 것은 아닐까 하는 생각에서다.

12시쯤 산노미야역에 내렸다. 내가 그리던 모습과는 달랐다. 약간 일본식 건축이기는 하지만 한국의 전주全州역과 같은 토속적인 냄새가 나든지 그렇지 않으면 서울역과 같은 고풍스러운 서구식 역사驛舍일 것이라는 기대와는

달리 콘크리트 건물에 불과했다. 그러나 나는 산노미야역
이라고 표지된 역사驛舍 앞에 서서 사진 한 장을 찍었다.

그곳에서 10여 분 거리에 내가 태어난 미유키도오리 3
정목이 있었다. 그러나 3정목 5번지 33호는 아무리 찾아
도 나타나지 않았다. 3정목에는 유니온 호텔, 국제회관, 고
층아파트 등의 현대 건물이 즐비하게 들어서 있었다. 유니
온 호텔 커피숍에 들러 잠시 차 한 잔을 들면서 그곳 안내
원에게 주소를 보이며 물었더니 3정목에는 5번지가 없다
는 것이다. 나는 그곳을 나와 가까운 파출소를 찾아갔다.
파출소에 있는 젊은 경찰 두 사람이 나의 물음에 관할 지
도까지 내놓고 친절히 답해 주었다. 미유키도오리 3정목이
1,2번지로 구획정리가 된 것은 꽤 오래 되었다면서 그것을
알기 위해서는 고베시 중앙구역소中央區役所(구역소라는 명칭
은 우리의 구청을 말함)로 찾아가 보라는 것이었다.

다시 그곳에서 5분 거리에 있는 중앙구역소로 찾아갔더
니 마침 그날이 일본의 개국開國 기념일이라 휴무일이었다.
수위실에는 정년퇴직을 하고 고용직으로 나와 있는 노인
한 사람이 우리를 맞으며 우리의 사정을 듣더니 민원으로
접수를 해 놓고 가라는 것이었다.

우리는 1935년쯤의 미유키도오리 3정목 5번지 33호가
어디쯤 되는지 알아서 한국 서울로 회신해 달라는 민원서
를 수위에게 맡기고 나왔다. 나는 오사카를 거쳐 한국으

로 오면서 국내의 일본인 민원도 아니고 외국, 특히 그들이 가장 싫어하는 한국 사람의 부탁인데 관심이나 갖겠는가 하는 생각을 했다. 그러나 일본에서 4,5년 생활을 한 김 박사는 꼭 회신이 올 것이니 기다려 보라는 것이었다.

꼭 보름이 되는 2월 26일에 내가 경영하는 출판사로 고베시 중앙구역소에서 보낸 묵직한 대형봉투가 하나 배달되었다.

그 봉투 안에는 제일 윗장에 1993년 2월 15일부로 당신이 부탁한 조회문서에 대하여 아래와 같이 회답한다는 중앙구역소 총무과장의 설명서가 들어 있었다.

미유키도오리 3정목 5번지 33호에 대하여 고베 시의 도시계획국이 조사한 바로는, 이 지역은 1945년 3월 17일 고베 대공습으로 해당 지역의 가옥은 대화재로 전부 소실되어 1935년 당시의 모습은 전혀 남아 있지 않다는 것과 참고 자료들이 첨가 되어 있었다.

몇 가지의 약도와 1935년 당시의 시가지 모습 그리고 없어진 5번지 33호의 추측지역 표시, 고베 대공습시의 사진과 그 당시의 사항이 적혀 있었다.

1945년 3월 17일 밤, B29 300대가 고베를 폭격, 그 후 5월 11일, 6월 5일 세 차례의 대공습과 128회의 공습으로 사망자가 8841명, 부상자가 1만 8000명에 달했다는 내용도 첨가되어 있었다.

내가 태어난 집을 찾아보겠다는 낭만적인 꿈은 산산이 깨어졌지만 야스카와安川란 담당자의 도장이 찍힌 회신 문서 꾸러미를 하나하나 넘기면서, 고맙기도 하지만 얄밉도록 철저한 일본 공무원들의 자세는 또 한 번 일본이란 나라를 생각게 했다. 그토록 미워할 수밖에 없었던 과거를 가진 일본을 그래도 본받아야 한다는 서글픔이 내 가슴을 무겁게 억눌러 왔다. 1993

# 독일 통일 전야제에


어제도 꽃다운 여자 대학생이 민주 데모를 하던 중 진압 전경들에 쫓겨 골목길로 피하다 숨겼다. 잔인했던 4월, 어둠의 5월을 지내면서 벌써 여섯 명의 청춘이 스스로 죽음을 택했다. 이러한 비극적인 현상이 언제 끝이 나려는지, 분단된 조국이라 어찌할 수 없는 현상인지?

우리는 조국의 분단과 이데올로기라는 것 때문에 40여 년이 넘도록 그 숱한 죽음과 죽음 못지않은 고통들을 감내해 왔다.

그러나 아직도 그 종말을 기약할 만한 끝의 조짐은 도무지 보이지 않는다.

공산화되어 있는 북한이 있고, 민주화되지 않은 남한이 서로 대치하고 있는 한 우리는 안전도, 완전한 평화도, 자유도 향유할 수 없다. 열사라 불릴 젊은 희생자가 얼마나 많이 생길지 모를 그런 나라에서 우리는 살고 있는 것이다.

나는 작년 10월에 프랑크푸르트의 국제도서전시회를 참관하기 위해 독일에 간 적이 있다. 그때는 벌써 베를린 장벽이 무너지고 자유롭게 동·서독이 왕래하는 때였지만, 10월 3일을 동·서독 통일의 날로 정해 놓고 있었다. 나는 그 전날, 프랑크푸르트에서 약 2시간 거리에 있는 하이델베르크의 펜터 호텔에 짐을 풀었다. 프랑크푸르트 시내는 세계 각국에서 국제 도서전시회를 참관하기 위해 몰려온 사람들로 연초부터 각 호텔이 모두 예약되어 있었다.

나는 말로만 들었던, 〈황태자의 첫사랑〉의 무대인 하이델베르크에 도착하자 저녁을 먹는 둥 마는 둥 하고 시내 구경을 나섰다. 시내는 온통 독일 통일 전야제의 축제 분위기 일색으로, 젊은이들이 시내로 쏟아져 나와 합창을 하고 깃발을 흔들며 통일의 기쁨을 만끽하고 있었다. 시내 북쪽 높은 언덕에 있는 500년이 넘은 고성古城의 성터 주변에서는 폭죽이 형형색색의 빛깔과 표현하기 어려운 여러 형태로 하늘을 향해 치솟아 올랐다. 폭음과 불빛, 만세 소리와 통일가의 합창…… 젊은 남녀들이 쌍쌍이 어깨를 걸고 대로를 향해 동으로 서로, 남으로 북으로 밀려다니며 한없는 환희를 구가하고 있었다.

우리 일행은 하이델베르크에서 가장 역사가 깊다는 '줌 제풀'이라는 맥줏집을 찾아갔다. 세계 각국에서 모여든 관광객으로 입추의 여지가 없을 정도로 손님이 들어차 있었다. 얼마간 기다리다가 단체 테이블 하나를 얻어 우리는 맥주를 청했다. 여기저기서 영화 〈황태자의 첫사랑〉의 주제가인 "드링 드링" 하는 〈축배의 노래〉가 터져 나오고 각국 민요와 국가가 어울려 화음을 이루었다.

그곳은 전세계를 통틀어 하나밖에 없다는 긍지를 가지고 있는 술집이었다. '줌 제풀'에 들러 보지 않은 사람은 하이델베르크에 가보지 않은 것과 마찬가지라고 할 정도로 자부심 같은 것을 지니고 있는 학사주점이다. 1386년에 하이델베르크대학이 들어서면서 생겼다는 학사주점 거리, 그 중 1634년에 세워진 건물에 자리 잡은 '줌 제풀'은 가장 긴 역사를 가진 주점으로 그리스 왕자인 베드만·분센·비스마르크·브람스·라이프니츠 등 숱한 인사들이 들러 갔다고 한다. 벽면에는 이곳을 거쳐 간 숱한 세계적 인물들이 하이델베르크 대학을 다니던 당시의 사진들이 이곳저곳 걸려 있었으며, 여러 사람들의 글과 그림도 새겨져 있었다. 그것들은 수백 년간을 지속해 온 영광된 역사를 대변해 주는 것이었다.

'줌 제풀'은 벽이나 몇 백 년이 된 나무탁자 위에 낙서를 하고 술을 마시고 토론을 하고 노래를 부르고 또 표지판에 글을 새기고 하는 학생들의 유머 박물관이기도 했다. 선후배가 어울리고, 또 어울리다가 오랜만에 찾아온 선배가 그날 저녁의 술값을 몽땅 내기도 하는, 참으로 낭만이 넘치는 학사주점이었다. 세계 어디서도 찾아볼 수 없는 분위기의 주점이라는 독특한 인상이 지워지지 않았다.

우리는 그날 저녁 30여 년 전의 젊음으로 돌아가 독일 민요와 〈아리랑〉을 목청껏 불렀다. 〈아리랑〉은 한국의 노래가 아니라 이제 세계의 노래였다. 많은 사람들이 따라 불러 주었다.

500cc잔의 생맥주를 몇 번이고 서로 부딪친 후에 우리는 하이델베르크 성으로 올라갔다. 독일 국민전쟁 때 파괴되었다는 고색창연한 고궁과 성곽들이 예술조각품처럼 멋스럽고 웅장하게 보존되어 있었다. 어느 것 하나 소홀함이 없었고 돌담 구석진 곳까지도 밝게 조명되어 있었다. 역사를 가진 민족, 그 역사의 흔적이 남아 있는 민족, 그것을 그대로 보존하는 민족, 이 얼마나 훌륭한가.

고성에서 내려오는 층계참마다 또 공원의 벤치마다 젊은 남녀가 속삭이며 앉았거나 포옹하고 있는 그 모습들이 한 편의 영화를 보는 것처럼 아름다웠다.

우리는 시내로 내려와 집집마다 가득 찬 젊은이들의 숨결과 거리마다 넘치는 젊음의 기운 속에 휩싸여 거리를 누비며 돌아다녔다. 그들과 어울려 비스마르크 동상이 있는 공원 앞에서 밤 12시가 넘도록 폭죽 소리를 들으며 통일가를 따라 부르기도 했다. 그들은 대형 통일 깃발을 흔들며 목청껏 노래를 부르거나 서로 얼싸안고 울거나 또 주저

앉아 땅을 치며 뭔가를 호소하기도 하였다.

우리는 한 시간쯤 그들과 어울려 함께 노래를 부르다가 호텔로 향했다. 그때 내 머릿속에는 우리나라의 젊은이들이 떠올랐다. 우리는 언제쯤이나, 통일과 민주화를 위해 목숨을 던졌던 젊은이들의 제단 위에 국민 모두가 경건한 모습으로 헌화하며 "위대한 희생의 대가로 민주조국의 통일을 이룩했노라"고 치하할 날이 올지…….

호텔을 향해 강변길을 따라 걷는 내 가슴은 답답하기만 하였다. 1991

# 사람을 가르치는 일

스승의 날이었다. 그날따라 찻길이 막혀 수업시간에 10여 분쯤 늦어 허겁지겁 강의실 문을 열고 들어섰다.

책가방을 탁자 위에 놓고 강의 노트를 꺼내 놓으려는데 한 여학생이 탐스러운 붉은 장미꽃 한 다발을 나에게 건네주었다. 그러자 강의실 안의 대학원생들이 "선생님, 건강하십시오"라는 인사와 동시에 뜨거운 박수를 보내 왔다.

나는 꽃다발을 든 채 감사하다는 인사를 하고, 피곤한 몸으로 이렇게 교단에 서는 것도 큰 보람이 있구나 하고 새삼스럽게 느꼈다. 그리고 나는 진정 이들에게 무엇을 가르쳐 주고 있는가 하는 자책 같은 것이 마음을 저미어 왔다.

세상은 비정하고 탐욕스럽고 간사하다고들 한다. 어느 곳엘 가나 기쁘고 즐거운 일보다 괴롭고 답답한 일들이 겹쳐 온다. 정치는 방향을 잃고 민생은 도탄에 빠지고 윤리는 땅에 떨어지고 산과 물은 공해에 병들어 지구의 종

말이 곧 닥칠 것 같은 위기의식에 빠져들고 있다.

그런 좌절과 회의 속에서 인간은 이렇게도 쉽게 해방될 수 있는 것일까. 나는 꽃다발을 손에 들고 아카시아가 만발한 교정 밖을 한참이나 응시하고 있었다.

내가 살아오는 동안 많은 스승에게서 가르침을 받았다. 일제하, 해방, 동란, 쿠데타 등 세월의 굴절이 심했던 시기에 학교를 다녔기 때문에 만 1년을 가르치던 선생이 기억나지 않을 정도라 짙은 정을 주고받은 스승은 없었지만 오늘의 나를 있게 한 것은 역시 스승의 은덕이 분명하다.

강의를 마치고 꽃다발을 안고 승용차에 올랐더니 나와 같이 강의를 나오시는 A교수님도 붉은 장미 한아름을 안고 차안에서 기다리시면서 즐거운 웃음을 머금고 계셨다.

A교수님은 대학원에 다닐 때 나를 가르쳐 주시고 지도해 주신 분이며 지금도 내가 살아가는 길에 항시 자문에 응해주시는 스승이시다. 그분과는 같은 시간에 강의가 있어서 같이 학교에 왔다가 퇴근할 때도 방향이 같아 차를 같이 타고 가다 도중에 있는 갈비탕집에서 저녁을 같이 해온 지 10여 년이 되었다. 그런데 금년 정초에 동남아 여행을 다녀오신 후 위장병이 생기셔서 이번 신학기부터는 댁에 가서 죽을 드신다고 하여 소찬 대접마저도 하지 못한다. 그날은 스승의 날이고 해서 소등심이라도 시켜 놓고 맥주 한잔 대접하고 싶은 생각이 굴뚝같은데 그러지 못했

다. 서운한 마음으로 집에 돌아갔더니, 아내가 H백화점에서 배달되어 왔다는 선물 꾸러미를 내놓는 것이다.

풀어 보니 오동나무 상자에 한지에다 곱게 싸 넣은 다기茶器 한 세트가 들어 있었다. 누가 보낸 것인가 하여 봉투에 혹 명함이 붙어 있는지 또 다기 밑에 무슨 표시가 있는지 이곳저곳 다 뒤져 보았지만 알 수가 없었다. 분명 스승의 날에 보냈으니 후배나 제자겠지 하는 생각은 들었지만 누구인지 알 수가 없었다.

이튿날 나는 아내에게 H백화점에 전화를 하든지 직접 찾아가서 선물을 보낸 사람을 꼭 알아보라고 당부를 하고 출근하였다. 점심때쯤 아내가 H백화점에 전화를 걸었더니, 다기를 사서 배달을 시킨 사람이 자기의 이름을 밝힐 필요가 없다고 했다는 것이다. 세상에 이럴 수가 있을까. 오른손이 하는 일을 왼손이 모르게 하라는 성현의 말은 있지만, 한 푼어치 적선을 몇 배 심지어는 몇 십 배로 불려 과시하는 세상에 내 주변에도 이런 사람이 있단 말인가 하는 흐뭇함이 가슴에 와 닿으면서도 부끄럽기 짝이 없는 나의 과거가 떠오르기 시작했다.

어느 해인가 중학교 때 영어 선생이시던 김관수 선생님이 서울에 오셔서 나에게 전화를 주셨다. 그래서 종로3가에 있는 맥줏집으로 찾아갔더니 그렇게 반가워하실 수가 없었다. 나는 스승과 같이 옛이야기를 나누면서 저녁이 늦

190

도록 맥주를 마셨다. 선생님은 누님댁으로 가신다고 가시고 나는 집으로 돌아오는데, 생전 처음 스승을 대접했다는 흐뭇함 같은 것이 나를 흥분하게 만들었다. 나는 집에 돌아와서 온 식구에게 자랑을 했을 뿐만 아니라 그 후에 만나는 동창들에게도 자랑을 하였다. 학교 다닐 때 공부도 못한 내가 그래도 선생님을 대접하였다는 열등의식의 발로 같은 것이었을 것이다.

금년 봄에, 중학교 2학년 때 작문을 가르치셨던 송병수 선생님이 여성단체연합회에서 드리는 장한 아버지상을 수상하게 되었다는 초청장이 사무실로 왔다. 나는 프레스센터에서 거행 되는 수상식에 참석을 하였다. 송 선생님은 나의 대선배로 모교에서 교편을 잡으시다 내가 중학교 3학년일 때 6·25전쟁이 나자 사범학교로 전근을 가셔서 몇 달밖에 배우지 못했다. 그런데 그때 내가 쓴 작문이 98점인가 우리 반에서 최고 득점을 하였다. 그 후 시도 써보고 수필도 쓰는 용기를 갖게 된 것은 그때 송 선생님이 작문시험에서 후하게 주신 점수의 덕이 아닌가 생각할 때가 가끔 있다.

송 선생님은 고향에서 정년퇴직을 하셨으나 우리 한글보급에 솔선하셔서 글짓기 운동 등을 펴나가시며 가장 모범적인 가장으로서 지방에서 모든 분의 규범이 되고 계신다고 한다. 그때 내 손을 잡으시며 고맙다는 말씀을 하시곤 경황 중에 헤어진 후 당신이 시상식 때 하신 말씀을 타이핑한 편지를 보내 주시기도 하였는데, 나는 아직껏 회신마저 하지 못하고 있다.

내가 대학과 대학원에서 강의를 맡은 지도 10년이 넘었다. 가끔은 안성으로, 휘경동으로, 필동으로, 흑석동으로, 1주일이면 서너 곳이나 무거운 가방을 치켜들고 잔뜩 스트레스를 받아 가며 이리 뛰고 저리 뛰면서 왜 이래야 되는가 하는 회의도 가져 보았다. 그러나 스승의 날에 한아름 받은 꽃다발과 누구에게서 온지도 모르는 다기 한 세트를 받은 심정은, 가르친다는 것은 온 세상이 비뚤어져도 그만한 값은 간직하고 있구나 하는 교훈을 주었다.

10여 년 전 첫 강의시간에 "1년 계획으로는 곡식을 심는 것이 제일이요, 10년 계획으로는 나무를 심는 것이 제일이요, 한평생 계획으로는 사람을 가르치는 것이 제일"이라는 관자管子의 말을 인용한 것이 헛된 일이 아니었음을 이제 와서야 짙게 깨닫게 되었다. 1992

# 잔디밭 철학

세월이 빠르게 지나감을 유수와 같다거나 화살과 같다고 비유들을 한다. 그런데 나는 그보다 더 빠른 번개 같다고 느낄 때가 있다. 며칠 전 우리 출판사의 영업부에 있는 이 과장이 둘째 아들을 낳았다는 것이다. 얼마 전에 장가를 든 것 같은데 벌써 아들 둘을 낳았다니 도대체 믿어지지 않는다. 그리고 보니 좋이 3,4년은 지난 것 같다.

이 과장이 입사한 지 얼마 되지 않은 그해 초봄에 전주에서 결혼식을 올린다는 것이었다. 직원들 몇몇이 15인승 미니버스를 타고 10시에 거행될 결혼식에 참석하기 위하여 새벽에 서울을 떠났다.

우리를 실은 차는 고속버스처럼 빠른 속도를 내지 못해 혹시 시간에 맞추지 못할까봐 걱정들을 했지만, 식이 시작되기 10여 분 전에 아슬아슬하게 예식장에 도착할 수 있었다.

그런데 안도의 숨도 채 가시기 전에 신랑이 나에게 다가와선 주례가 없으니 주례를 서 달라는 것이었다.

나는 지금까지 주례를 단 한 번도 서 본 일이 없고 구변도 없으니 도저히 할 수 없다고 완강히 거부하였다. 정 주례를 구할 수가 없으면 식장마다 단골 주례가 있다니 그분에게 해달라고 하면 되지 않느냐고 경사스러운 날인 줄 알면서도 당황한 나머지 성깔마저 냈다.

그런데도 신랑은 태연하게 "사장님이 주례를 서 주지 않으시면 결혼식은 못하는 것이지요"하고 퉁명스러운 말 한마디를 던지곤 식장으로 올라가 버리는 것이었다.

같이 동행했던 사원들이 사회자가 불러주는 대로 진행만 하면 된다곤 하지만 주례사는 짧으나마 한마디 해야 할 터인데 준비도 없이 갑자기 무슨 말을 해야 할지 엄두가 나지 않았다.

그런데 문득 중·고등학교 시절에 동급생들이 장가들 때면 단골로 따라다니며 읽어주던, 두루마리에 붓글씨로 쓴 축사 속의 한 구절이 떠오르는 것이었다.

그때는 6·25 동란 중이라 군에 입대하면 모두들 죽는다고 부모들이 일찍 장가를 들여 손자라도 보려는 생각에 시골에서는 조혼들을 많이 했다. 예식장이 있는 것도 아닌지라 신부집 마당에다 멍석을 깔아 놓고 구식 혼례식을 했는데도 꼭 우인 대표의 축사가 있었고 좀 거창하게 하는 경우는 축시 낭송과 축가를 부르기도 했다.

그때 문학청년이었던 선배에게서 물려받은 축사의 한 틀에다가 사람에 따라 내용을 조금씩 바꾸어서 죽죽 읽어 내려가는 것이었다.

그런데 그 중에 〈잔디밭 철학〉이라는 명제의 "앉기 좋고 그늘 좋고 물 좋은 곳은 없다"는 대목이 30년이 훨씬 지난 지금까지도 잊혀지지 않는 것이었다.

나는 용기를 내어 주례를 맡기로 하고 연단 위에 올라섰다. 그리고 혼례를 진행해 나갔다.

주례사를 할 차례가 되었다. 양가와 하객에 대한 인사에 이어 〈잔디밭 철학〉에 관한 이야기를 하였다. "……우리들은 인생을 살아가면서 멀리 보이는 아름다운 잔디밭을 동경하며 살아가고 있다. 그러나 막상 그곳에 가보면 잔디가 잘 자란 곳은 개똥이 있거나 돌멩이가 있다. 좀 앉을 만하다고 해서 앉아보면 햇볕은 따가운데 그늘이 없고 목은 마르는데 물이 없다. 그러니 오늘 이 자리에서 백년가약을 맺은 두 사람은 멀리 있는 잔디밭만 바라보며 살 것이 아니라 현실적으로 존재하고 있는 잔디밭에서 개똥을 치우고 나무를 심고 우물도 파며 자신들의 세계를 하나하나 개척해 나가야 한다"는 내용의 주례사를 했다.

그 후 나는 새로 입사하는 직원들에게 꼭 이 〈잔디밭 철학〉에 대한 이야기를, 그때그때의 상황에 따라 조금씩

뉘앙스를 달리해서 들려주고 있다.

이 과장의 둘째 놈이 출생하는 날은 바쁘다 보니 깜빡 잊었지만 돌아오는 백일에는 조그마한 선물이라도 하나 전해야겠다. 1985

# 인간과 인간 간의 성공

나는 "인간 대 인간의 성공이 최대의 성공"이라는 말을 대학원 강의의 첫 시간이나 신입사원과의 첫 대면 때 곧잘 말하곤 한다.

이 말을 언제부터 써왔는지 또 어느 명언집이나 수상록에서 인용한 것인지 아니면 나의 체험에서 우러나온 것인지는 모르지만, 내가 살아가는 데에는 어떤 잠언록의 말보다 강한 의미를 부여해준다.

우리는 세상에 태어나면서부터 인간관계를 맺게 된다. 부모에 의해서 태어나고 그 순간부터 형제자매와 백부·숙부 등의 친족과 외가를 비롯한 인척의 관계를 갖게 된다.

그런데 남보다 부유하거나 명문인 집안에서 태어나 부모 형제와 일가친척들의 후광으로 자기가 하고픈 일을 힘들이지 않고 순탄하게 할 수 있는 여건을 누린다면 그것은 타고난 인간관계의 성공이라 볼 수 있을 것이다.

그러나 이와 같이 태어나면서 필연적으로 맺어진 인간관계보다는 후천적으로 연을 맺는 인간관계가 우리에게는 훨씬 더 많다. 같은 해에 태어났다는 동갑나기의 연, 유치원부터 대학원까지 같이 다녔거나 같은 해에 졸업하였다는 동창의 연, 같은 직장에 종사하고 있다는 직장동료의 연, 같은 직종에서 일하고 있다는 동업자의 연 등 숱한 인간관계에 얽히고설켜 살아가고 있는 것이다. 이 많은 인간관계에서 좋은 사람을 만나는 것을 나는 가장 큰 성공이라고 여기며 산다.

　사람들은 성공의 대상과 기준을 여러 갈래로 책정하고 있다. 흔히 돈을 많이 벌어서 백만장자가 되는 것을 성공의 극치라고 보는 사람이 있는가 하면 고관대작이 되어 온 세상에 이름을 날리는 것을 성공의 꽃이라 보는 사람도 있다. 또 어떤 사람은 미색을 갖춘 여인과 사는 것을, 심지어는 주먹세계에서 우두머리가 되는 것을 삶의 목표로 삼고 그것을 이룩하는 것을 성공이라고 보기도 한다. 그러나 나는 지천명의 중턱을 넘고 이순을 바라보는 세월을 살아오면서 억만장자였던 사람들과 하늘을 찌를 듯한 권세를 누렸던 사람들의 위세를 그리는 것보다는 잔잔하게 얽혀진 인간관계의 성공이 더욱 값지다는 것을 느끼고 있다.

　36,7년 전의 일이다. 6·25 전쟁이 한창일 때, 내가 고등

학교를 다니던 순천시는 후방이었지만 밤마다 빨치산의 습격이 찾아 전쟁터와 다름이 없었다. 나는 고향을 떠나 순천시 변두리 농가에 방을 하나 얻어 친구들과 자취를 하고 있었다. 그런 어느 해 겨울이었다. 밥 지을 양식도 떨어지고 몸을 녹이기 위해 지필 땔감도 떨어져 허기진 배를 움켜쥐고 실의에 빠져있을 때, 아버지가 배급으로 타온 쌀이라며 김창식 형이 안남미를 반 자루쯤 가지고 왔다. 그날 그 안남미 밥 한 그릇의 고마움에서부터 시작한 김 형과의 우정은 내 인간관계에 있어 성공의 좋은 예가 되어주었다. 그는 공군사관학교 시험을 보기 위해 그 추운 냉돌방에서 나와 같이 시험공부를 하였다. 그러던 어느 날, 잠결에 내 몸 위로 이불이 덮이는 느낌이 들어 눈을 떠보니 김 형이 자기가 덮었던 이불로 나를 감싸주는 것이었다. 영하 10도가 넘는 냉방, 방 안에 둔 물그릇마저 얼어붙는 그 혹한의 방에서 나는 질화로와 같은 따뜻한 우정을 맛본 것이다. 나는 그의 손을 잡았다. 그리고 말을 잃고 눈물을 흘렸다. 그는 자기는 몸이 튼튼하고 나는 몸이 약해서 감기가 들까봐 그랬다고 담담하게 말하고는 책상 앞으로 가는 것이었다.

그는 공군사관학교를 다닐 때나 공군장교 시절에나 언제나 변함없이 나에게 정신적·물질적 우정을 베푸는 입장을 고수해 왔다. 그가 전역을 하고 KAL기의 조종사가 되었을 때에는 나도 그에게 빚진 우정을 적으나마 갚고 베풀 만큼 형편이 나아져 있었다. 그런데도 그는 항상 베푸는 자리에, 나는 시혜를 받는 자리에 서 있도록 정해져 버렸는지 그 위치는 숙명처럼 바뀌지 않았다.

작년 봄만 해도 그렇다. 나는 순천에 있는 동창들이 옛 친구도 만날 겸 봄나들이를 오라고 해서 내려갔다. 갈 때도 그가 운전하는 차로 신록이 우거진 산천을 구경하면서 편안하게 여행을 할 수가 있었다. 그 다음날 우리들은 지리산 노고단 산행을 마치고 섬진강가의 주막집에서 그곳의 별미인 은어회를 먹으며 오랜만에 회포를 푸느라 친구들은 마냥 즐거워했다. 그런데 약한 몸에 무리했는지 나는 참을 수 없는 고통을 느끼게 되었다.

순천에 있는 김준민 친구의 주선으로 도립병원에 가서 응급치료를 받았으나 그날은 고통 속에서 밤을 지새워야 했다. 밤새 간호를 해준 김창식 형은 아무래도 서울에 가서 치료를 받아야겠다며 먼동이 트기도 전에 뒷좌석에 나를 누이고 서울을 향해 조심스럽게 차를 몰았다. 6시간이 넘는 장거리 운행을 하는 동안 그는 가끔 나에게 좀 어떠냐고 물어도 주고 휴게소에 닿으면 내가 귀찮아할 정도로 온갖 것을 사다가 먹을 수 있으면 먹어보라고 권했다.

그는 그 후에도 외국에 갔다 올 때면 완치되지 못한 나의 병세에 조금이라도 연관이 있는 듯한 여러 가지 약을 사다주곤 했다. 그 덕인지 나의 몸은 차차 회복되어 갔지만 그럴수록 그에게 진 빚은 자꾸만 무거워져 가기만 했다.

내가 여기에 있다는 것, 그리고 남 못지않게 인생을 열심히 살아갈 수 있다는 것, 그것은 나에게 진실한 이웃이 있기 때문이다. 온갖 고난과 시련이 수없이 몰아쳐 오고 패배와 좌절의 늪에서 허덕일 때에도 나를 이끌어주는 따뜻한 인간관계가 그 고통을 극복해 나갈 힘을 주었다.

꿋꿋한 절개를 상징하는 대나무도 홀로 생존할 수 없듯이 희생하며 감싸주는 인간애에 의해 그래도 아름다운 인간세人間世가 이어져 가는지도 모른다. 1989

# 생生의 여울에서

이른 가을이었다. 파란 풀이 깔려 있는 교정에서는 면
양 떼들이 한가로이 풀을 뜯고 있었다. 말을 탄 학생이 긴
막대를 들고 그 뒤를 따랐다.

학교 본관으로 들어가는 길 양 옆에는 전지剪枝가 잘된
깡깡나무가 심어져 있고 교사校舍 앞으로는 하늘로 치솟
은 전나무가 도열堵列해 있었다.

운동장 남쪽 기상대에 매달린 풍향계는 바람 부는 쪽
으로 방향을 가리키고 있었으며, 네 개의 풍배風杯를 가진
풍속계는 바람의 강약에 따라 돌아가고 있었다.

교사 뒤켠의 계사鷄舍에서는 레그혼과 뉴햄프셔가 모이
를 쪼아 먹고 있었으며 그 동편에 위치한 인공 호수 위로
는 거위와 오리가 한유로이 물놀이를 하고 있었다.

나는 학교를 둘러보고 먼 장래에 이 학교보다 더 큰 목
장과 농장을 가지리라 마음먹었다. 기름진 땅을 사서 젖소

와 면양을 방목放牧하고 거대한 온실을 만들어 특용작물
도 재배하리라 생각했다.

6년간을 나는 이 학교에 다녔다. 봄이면 못자리를 만들
고 학교에서 10여 킬로나 떨어진 과수원에 가서 과목果木
둘레에 구덩이를 파고 밑거름을 준다. 보리밭에 인분人糞
을 주는 일은 모두들 피했으나 나는 나의 꿈을 실현하는
데 선행되는 시련이라 생각하고 열심히 일했다. 무더운 여
름이면 향림사香林寺 뒷산에 올라 꼴을 베어 한 망태기 둘
러메고 오다 느티나무 그늘에서 꼴망태를 베고 로버트 프
로스트의 〈목장〉이란 시를 외우기도 했다.

어리고 어린 송아지를 몰고 나가련다.
새끼 송아지가 어미 소 곁에 서면
긴 혀로 핥을 때마다 비틀거리는 그 모습
내 멀리 가지 않으려니 너도 가까이 오려무나.


나는 넓은 초원에 띄엄띄엄 그늘이 좋은 오리나무를 심
으리라, 여름이면 그곳에서 시를 읊고 목가적牧歌的인 전원
시田園詩도 써보리라.

그래서 순천농림고등학교 3학년 여름방학 때를 이용하
여 도청소재지에 있는 축산시험장에 가서 강습을 받기도
하였다. 짧은 기간이었으나 새로운 시설과 새 지식을 많이

보고 배웠다.

졸업을 하는 대로 고향의 야산에 초막草幕이라도 치고 원대한 꿈의 실현을 위하여 일해야겠다고 다짐했다.

그 이듬해 봄 졸업을 한 나는 부푼 꿈을 안고 큰댁으로 가는 객선客船을 탔다. 그곳에는 돌아가신 아버님께서 사 놓았던 산이 있었기 때문이다. '논 건너' 산을 둘러보았다. 경사가 너무 급하고 자갈밭이라 개간하기에는 어려운 땅이었다. '알령고개' 산에도 가보았다. 산이 너무 깊고 험준하여 벌목伐木할 수가 없어 사람이 정착할 수 있는 땅이 못 되었다.

그렇다고 개간을 착수할 만큼의 돈이 있었던 것도 아니다. 졸업하고 10여 일 만에 나의 꿈은 산산이 깨어지고 말았다.

큰댁 형님과 또 많은 사람을 설득하기는커녕 되레 비웃음을 받는 신세가 되고 말았다. 그런 후의 하루하루는 참으로 지겹도록 지루한 시간의 이음이었다. 집에서 닭을 좀 길러 보기도 하였지만 당시는 값싼 종합사료가 없던 때라 달걀값으로 모이 값도 충당할 수가 없어 그만 닭도 모두 정리하고 말았다.

차차 사람들과 소원疏遠해지게 되자, 천진난만하였던 마음속에 돈과 권력에 대한 갈망의 물결이 일기 시작했다.

나는 간신히 대학 입학금만을 마련해 가지고 서울로 올

라왔다. 서울에 온 후 몇 년 동안 잡지사와 출판사를 전전하여 마련한 돈과 어머님이 가끔 부쳐 주시는 돈으로 학교를 다니다가 중도에 군에 갔다. 제대한 후 복학을 하려고 했으나 그럴 형편이 못 되었다. 그래 친구와 같이 고향에서 온돌방에다 부화기孵化器를 시설하고 축산시험장에 가서 종란種卵을 사다가 부화를 시작했다.

부화 사업이 잘되면 양계를 겸하고 또 성공하면 산양山羊방목을 한다는 등 계획을 세웠다. 그러던 어느 날 4월혁명이 일어났다. 매일같이 선배와 친구들로부터 속히 상경하라는 전보와 편지가 날아왔다.

나는 도시와 돈에 대한 유혹과 명예에 대한 동경 때문에 부화기와 친구를 버리고 서울로 올라오고 말았다.

그러나 상경할 때 차창 너머 푸른 하늘에 그려 본 신기루 같은 꿈은 이루지 못하고 말았다. 그 후 4,5년간 나는 피나는 노력을 하였다. 정치인의 심부름꾼, 헌책방의 점원, 잡지사의 편집사원 등 닥치는 대로 마구 일했지만, 이루어 놓은 것은 아무것도 없었다. 단지 9년이 걸려 대학 졸업장 한 장을 탔을 뿐, 작가도 학자도 정치인도 되지 못하고 말았다.

나는 1966년 8월 3일, 서대문 냉천동에 있는 친구 동생이 경영하는 학습지 출판사의 월급쟁이 사장으로 있으면서 범우사汎友社라는 출판사를 등록하였다.

작가가 되지 못한 꿈을 문인들의 작품집을 출간하면서 달래어 보고, 학자가 되지 못한 한恨을 명저 등을 출간하면서 풀어 보려고 어렵게 험준한 출판 사업을 시작한 것이다.

　사무실도 없이 근무하는 곳에 출판사 간판을 옮겨 가며 5년을 넘겼다. 주로 잡지사의 주간이나 월급쟁이 사장을 해가면서 틈틈이 단행본을 간행하였다. 내 딴에는 양서만을 출간하는 출판사로 키워 보려고 안간힘을 썼으나 그렇게 뜻대로 잘 되는 것 같지는 않았다.

　남의 집 월급쟁이로 있는 동안 필화사건筆禍事件으로 잠깐 옥살이를 했다. 그 당시는 책 차입差入이 되지 않았는데, 얼마나 활자가 그리웠는지 모른다. 책을 찢어 바람막이로 발라 놓은 깨알 같은 활자를 한 자도 놓치지 않고 몇 번이고 읽었다. 그리고 감옥을 나가더라도 끊임없이 좋은 책을 만들어 내겠다고 결심했다.

　1972년에 단독으로 조그마한 사무실을 하나 마련하고 본격적인 출판을 시작하였다. 매년 30여 권에 달하는 단행본을 출판하였다. 마치 자전거를 타고 가는 선수가 페달을 밟듯이 밟지 않으면 넘어진다는 생각으로 온 정력을 다 쏟았다. "진리와 자유를 위하여, 새 시대의 새 지식을 위하여, 독서의 생활화를 위하여……"라는 사시社是를 내걸고 미련스러울 만큼 한길로 치닫다 보니 어느새 많은 시간이 흘렀다.

206

이제 책방에는 독수리 상표를 단 범우사의 책들이 적잖이 진열되어 있고 머지않아 가정마다 내가 출판한 책들이 서가書架를 장식해 줄 것이라고 믿고 있다.

이른 가을, 순천시에 있는 농림중학교에 입학하여 인생의 설계를 곱게 핀 자운영紫雲英밭 위에 그리던 그때의 그 소년은 어디로 가고 초원 아닌 콘크리트 바닥 위 철제 책상 앞에서 교정쇄校正刷를 넘기게 되었다. 엄마 찾는 송아지 소리가 아니라 둔탁한 평판平版 기계 소리를 들으며 프로스트의 시를 읊는다.

책을 가득 실은 픽업이 굴러간다. "2000년대를 향하여 꾸준하게 양서를"이라는 캐치프레이즈를 달고 시내를 누비고 다닌다. 그러나 나는 가끔 하얀 우유 운반차가 미루나무가 서 있는 방책防柵 처진 목장길을 경쾌한 클랙슨을 울리며 달려오고 있는 환상에 젖을 때가 있다.

오리나무 그늘에 누워 워즈워스의 〈초원의 빛〉을 읊조리지는 못하지만, 많은 사람들에게 밀른의 해학諧謔과 소포클레스의 진지한 인생의 이야기를 보내며 살아갈 것이다. 그리고 부화기에 달걀을 넣어 둔 채 떠나려는 나를 붙들고 그렇게 서운해 하던 친구를 찾아갈 것이다. 찾아가 이렇게 말하리라.

"많은 사람들에게 우유와 달걀 같은 칼로리 많은 육체적인 영양분은 못 주지만, 좋은 책을 많이 출판하여 정신적인 자양분을 주는 것으로 너에게 속죄하겠다"고.

이것이 이제 와서 보면 내 소년 때의 꿈이었는지도 모른다. 앞으로의 길이 암만 고되고 험할지라도 활자와 같이 걸어온 그 길을 토대삼아 남은 생을 보람 있게 살리라. 1977

# 활자와 더불어 25년

벌써 25년이 되었다. 싸늘한 늦가을의 어느 날, 나는 〈창평사〉라는 출판사에서 발간하는 월간 《신세계》의 견습기자로 취직이 되었다.

6·25의 전화戰禍로 폐허가 된 충무로 거리에 간신히 잔존한 2층 슬라브집, 나는 그 집을 드나들며 어깨를 으쓱거렸다. 이름으로만 들어오던 기라성 같은 저명인사들을 직접 뵈올 수 있었고, 내가 그리던 잉크 냄새를 맡을 수 있었으며, 교정쇄에 붉은색 볼펜으로 오식誤植을 잡아내는 일이 얼마나 가슴 흐뭇했는지 모른다.

그러니까 고등학교 3학년이 되었을 때다. 학도호국단 문예부장에 임명되었는데, 오랫동안 선배들이 창간하지 못한 교지校誌를 꼭 한 번 발간하고 싶었다. 그래서 원고뭉치를 싸들고 순천시順天市의 인쇄소와 프린트사 이곳저곳을 드나들었다.

붓으로 쓴 향림香林이라는 제호의 글씨마저 닳아버린 원고뭉치를 1년간 애태우며 들고 다니다 졸업을 하고 말았다. 6·25 동란이 멎은 직후의 혼란이 교지를 낼 수 있을 만큼의 시설과 예산 등이 허락해주지 않아 뜻을 이루지 못했다.

대학에 입학하자 문예부에서 일하게 되어 활자를 접할 기회는 주어졌지만, 교정지 몇 장을 뒤적거렸을 뿐 윤전기 소리도 귀에 익히기 전에 학보가 나오고 말았다. 산고産苦 없는 출판이란 그리도 허전하고 또한 애착이 안 가는 것인지 모른다. 그런 나에게 300여 페이지의 교정지를 만질 수 있는 기회가 온 것이다. 나는 신이 나서 부지런히 뛰었다. 북창동에 있던, 당시 야당의 거물인 박순천 여사의 사무실로, 적선동에 있던 피난민 합숙소 같은 국회의원 아파트에 계시는 윤제술 의원 댁으로, 또 미국에서 교육학 박사학위를 받아왔다는 삼청동 고갯마루에 있는 김은우 교수 댁으로 눈길에 미끄러지며 뛰어다녔다.

월급날 월급이 나오지 않아도 서운하거나 고깝지 않았다. 주간인 김대중 선생, 편집국장인 시인 전봉건 선생, 선배기자인 시인 박성룡 형을 모시고 있다는 자부심만으로도 모든 것을 참아낼 수 있었다.

거기에다 기인奇人인 김관식 시인, 천상병 시인 등 많은 문인들이 드나들었다.

정치적으로는 월간 《신세계》가 신익희 선생과 장면 박사를 지지하는 야당지라고 하여 적지 않은 박해를 받았으나, 민중의 편에 있다는 긍지로 어려움을 견뎠다. 그러던 어느 날, 당시 민주당의 실력자인 오위영 의원 댁에서 원고청탁을 하고 나오다 불심검문을 당하여 동소문 파출소(지금의 혜화동 파출소)로 연행되었다.

대학생이 병역을 기피하기 위하여 직업을 가졌다는 어처구니없는 이유로, 눈보라가 치는 12월 24일 동대문 경찰서를 거쳐 보광동에 있는 기피자 수용소에 갇히는 몸이 되었다. 결국 10여 일 있다가 병역기피 사실이 없다는 확인을 받고서야 풀려나기는 했지만, 내 꿈은 산산조각이 나고 말았다. 내 젊음을 몽땅 불태우려 했던 《신세계》사가 자유당의 극심한 탄압과 재정난으로 문을 닫게 된 것이다.

나는 한동안 실의에 빠졌었으나 얼마 안 가 다행히 일자리가 생겼다.

국가고시학회에서 발간한 《고시계》에 나가게 되었다. 그곳에서도 성심껏 일했다. 직원이 몇 사람 안 되는 곳이어서 나는 편집기획은 물론 원고청탁과 수집도 하고 공장진행도 보았다. 조판은 서대문에 있던 배화사에서 하고 인쇄는 지금 대한공론사 지하에 있던 반절 기계에서 하였다. 어느 때에는 밤을 새우기도 하고, 기계가 고장이 나서 4,5일씩 잡지 발간이 늦어지게 되면 얼마나 초조해 했는지 모른다.

그런 몇 달 후 나는 20대 초반에 조그마한 잡지사나마 편집책임자가 되었다. 내 선임자로는 지금 예문관藝文館을 경영하는 최해운 형이 있었다. 호를 거듭할수록 독자도 늘고 업무량도 많아져서 신입사원을 모집하게 되었다. 1950년대는 정전停戰 이후의 어려운 때라 응모자가 많았다. 그 중에서 S여대를 갓 졸업한 K양과 M사범을 졸업한 K양이 채용되었다. M사범을 졸업한 K양은 내 사촌누님과 동기 동창이며 성만 다르지 이름이 같아 누님 같은 생각이 들어 친근감이 더 들었다. 두 K양은 입사하여 첫 월급을 받은 날부터 보수에 대한 불만이 대단했다. 일한 만큼의 대우를 받지 못하고 착취를 당하고 있다는 것이다.

내 생각은 그들과는 좀 달랐다. 독자가 늘어가는 재미, 호수를 거듭한다는 보람, 편집후기에 그 달 호를 내면서 쓰고 싶었던 낙수落穗를 쓸 수 있다는 사실만으로도 충분히 보상받고 있다고 느꼈기 때문이다. 나는 그들에게 납득이 가도록 타일렀다. 아직도 초창기니 어느 시기까지는 잡지사를 위해서 고생을 감수하자고, 그리고 내가 앞장서서 최소한의 요구는 관철시켜 보겠노라고.

그 후로 나는 사장님을 만날 때마다 급료 인상에 대하여 말씀드렸으나, 현재 형편으로는 곤란할뿐더러 나에 비하면 그들은 견습사원으로 오히려 충분한 대우를 받고 있다는 것이었다. 나는 그들에게 언약한 바를 성취하지 못한 마음의 부채 때문에 그 자리를 물러나고 말았다. 내가 나온 후 사촌누님의 동기동창인 K양이 자기의 애인인 G군을 데려다 편집자 자리를 맡도록 주선했다는 소문을 듣고 쓴웃음을 금할 길이 없었던 기억이 새롭다.

《고시계》 다음으로 월간 《법제》의 편집을 맡고 있다가 군에 입대하였다. 제대를 한 후 방향을 바꾸어 보려고도 하였지만, 활자에 대한 매력을 버릴 수가 없어 민주당의 기관지인 《민주정치》의 편집을 맡고 있다가 5·16이 나서 그 자리를 물러난 후 한동안 헌책방을 경영하기도 했다. 서점을 경영하면서도 꿩이 항시 콩밭에 마음이 있는 것처럼 출판에 대한 집념은 버릴 수가 없었다.

고서점을 해서 마련한 소자본으로 1966년 8월 3일, 도서출판 '범우사'를 등록하였다.

그러나 책을 계속 발간하기에는 어려움이 많아 다시 월급쟁이로 일하기 시작했다. '범우사'의 간판을 메고 다니면서 월간 《신세계》, 《다리》 등의 주간을 맡아 일하며 틈틈이 몇 권의 단행본을 출간하였다. 그러다가 《다리》지 필화 사건으로 감옥살이를 하였다. 1971년 2월 12일 밤, 서대문 구치소에 수감되었다. 15촉짜리 전등이 아홉 자 높은 곳에서 희미한 빛을 발하며 매달려 있었다. 나는 그 어두운 빛 속에서 무엇인가를 찾았다. 읽지 않으면 미쳐버릴 것 같은 충동 때문에 바람막이로 발라 놓은 잡지의 8포인트 활자를 열심히 읽었다. 글을 읽으니 마음이 후련해지는 것 같았다. 내가 활자 때문에 이 고생을 하는데 하면서도 활자에 대한 미움보다는 친근감이 독방에 있는 나를 위로해주었다. 얼마 후 성경이 들어오고 교도소에서 발간되는 《새길》이란 잡지가 들어왔다. 나는 이 두 권의 책을 읽고 또 읽으면서 무엇보다 귀중한 보물로 간직하였다.

그런데 어느 날 출정出廷을 했다간 돌아오니 책이 없어지고 말았다. 검방을 하던 교도관이 가져간 모양이었다. 지금도 그때의 서운함과 책에 대한 그리움을 잊을 수가 없다. 나는 사회에 나가면 어떠한 고난이 닥치더라도 또다시 활자와 더불어 살아가리라 마음먹었다.

그 악몽과도 같은 형무소를 나온 지도 벌써 10년이 지났다. 그때 마음먹었던 대로 부지런히 책을 발간하였다. 800여 종에 200만 권이 넘는 듯하다.

그리고 마포에 있는 출판단지에 사무실과 창고를 갖게 되었고 직원도 30여 명으로 늘었다.

지난 8월 3일이 범우사 창립 16주년이 되는 날이다.

돌이켜보면 출판계에 몸담아 온 25년은 형극의 길이었다. 몇 번이고 좌절해 버렸을 길을 그래도 걸어오고 있는 것은 내가 천직으로 택한 길이기 때문이다.

그러나 이 길이 얼마나 험난하고 조심해야 되는 길인지

를 잘 안다. 활자 매체가 그 나라 국민에게 주는 영향은 너무나 크다. 그런데 기업경영에 치우치다 보면 흥미 본위의 책을 출판하게 되고, 꼭 내고 싶었던 책이나 의의가 있다고 생각되어 출판한 책이 잘 팔리지 않거나 또한 제약을 받게 되는 모순 속에서 고민한 적도 한두 번이 아니다.

활자와 더불어 25년 이제야 겨우 철이 들었다는 안도감보다는 어떻게 하면 보람 있는 내일을 약속할 수 있을까 하는 두려움이 가슴을 짓누른다. 1982

# 욕망의 간이역

욕망이란 끝이 없는 것일까?

부처님은 《숫타니파아타》에서 "발로 뱀의 머리를 밟지 않으려고 조심하는 것처럼 갖가지 욕망을 피하는 자는 마음을 바르게 하여 이 세상의 모든 애착에서 벗어난다. 논밭·주택·황금·가축·노비·고용인·부녀자·친족, 그 밖에 온갖 것을 탐내는 자가 있다면, 아무 힘도 없는 갖가지 번뇌가 그를 굴복시켜 위험과 재난이 그를 짓밟는다. 그러므로 괴로움이 그를 따른다. 마치 파손된 배에 물이 새어들듯이. 그러므로 인간은 언제나 바른 생각을 가지고 온갖 욕망으로부터 피하도록 하라. 배에 스며든 물을 퍼내듯이. 그런 욕망을 버리고 거센 물결을 건너 피안에 이르는 자가 되라"고 말씀하셨다.

그런데 인간의 마음은 한없이 변덕스러운 것인가 보다. 한 가지 욕망을 품었다가 금세 다른 욕망으로 옮겨가는 것이 우리 인간의 모습인지. 그리고 어떤 욕망을 충족시킨 후에는 그것을 욕망이라고 생각하기보다는 보람이나 성취쯤으로 합리화시키는 경우가 많다.

나는 어렸을 때부터 20대 초반까지는 무척 배를 곯았다. 그때는 끼니를 거르지 않을 만큼만 되었으면 하는 것이 소원이었다.

그러나 고등학교를 졸업하고 나자 어떻게 하든지 대학만 졸업할 수 있었으면 하는 소망이 새로이 고개를 들었고, 고학 등으로 입학한 지 9년 만에 대학을 졸업하게 되었다. 그러다 결혼을 하고 3남매의 아비가 되어 남의 집 사글세방을 전전하다 보니 이번에는 내 집 갖기가 그렇게도 소원이었다. 그래 일정한 직장도 없이 이곳저곳에서 일해 모은 돈으로 헌책방을 차렸다. 헌책방 경영 4,5년에 달동네에 블록으로 지은 무허가 집 한 채를 샀다. 문짝도 달지 않은 집이라 첫날은 담요를 쳐서 문을 대신하고 누웠는데도 그렇게 흐뭇하고 자랑스러울 수가 없었다. 서울에 집을 가진 가장이 되었다는 자부심, 이것은 대단한 것이었다. 그 후 그 집을 조금씩 손질하여 웃돈을 받고 팔아가지고 가게가 있는 길갓집으로 옮겼다.

이대로 가면 평범한 서울 시민으로서 자식을 교육시키며 부끄러움 없이 살아갈 수 있겠구나 하던 무렵, 큰 변이 생겼다. 친구가 국회의원 선거에 입후보한다고 하여 헌책방을 걷어치우고 선거사무소의 회계 책임을 맡았는데 친구는 당선되었지만 나는 또 실업자가 되고 만 것이다. 혼이 난 나는 정말 안정된 직장만 생기면 종신토록 충실한 직장인으로 살아가겠노라 결심했다. 그러나 내가 근무하였던 몇 곳의 잡지사는 몇 달 안 가서 모두 도산을 하고 말았다. 박봉을 감수하며 밤낮없이 전력투구를 했는데도 소자본인데다 기반이 없는 형편들이라 속수무책이었다. 그래서 어떤 출판업자는 모든 업종 중 유아幼兒 사망률이 가장 높은 곳이 출판업이라고 말했다.

오랜 실업자 생활을 견디다 못한 나는 출판사(범우사)를 등록하기에 이르렀다.《일일공부》라는 초등학생 과외용 책자를 출판하는 친구 동생의 사무실에 책상 하나를 빌어 출판을 시작했다. 나에게 출판사를 운영할 만한 자본이 있을 턱이 없었다. 그러나 10여 년 동안 출판·서적계에 있으면서 남의 돈 한 번 떼어먹지 않았던지라 한두 종의 책이라면 기꺼이 조판해주겠다는 사람이 나섰고 종이를 외상으로 공급해주겠다는 사람도 나서 몇 종의 신간을 출판하였다.

물론 생각했던 것보다 훨씬 어려웠다. 그래서 3,4년간은 다른 잡지사의 편집 일을 보아주면서, 일 년에 서너 종의 신간을 냄으로써 최소한 범우사의 명맥만은 유지해 갔다. 그러나 '10월 유신'이란 청천벽력 같은 계엄령이 선포되고 내가 근무하던 월간 《다리》사가 문을 닫게 되자 나는 다시 출판사에만 매달릴 수밖에 없게 되었다.

　세 사람의 직원과 나는 혼신의 힘을 다 쏟았다. 기업의 도산이 얼마나 비참한 것인가를 몇 번씩 목격하고 체험했기 때문에 나는 한 종 한 종의 기획에 신중을 기했다. 덕분에 출간하는 책마다, 베스트셀러는 되지 않았지만 독자들의 호응이 좋았다. 해를 거듭할수록 출간 종수도 많아지고 매상도 올랐으며 직원도 한 사람 두 사람 더 늘게 되었다. 조금 여유가 생기자 신문에 신간도서 안내 광고도 하게 되었다. 그리고 한 걸음 더 나아가 시리즈물도 기획하면서 장기적인 출판기획을 시도해 나갔다. 범우고전선, 범우사상신서, 범우에세이문고 등 시리즈물이 10여 개에 달하자 출판사의 기틀도 어지간히 잡혀가게 되었다. 사무실도 5평짜리 월세에서 37평짜리 전세로 옮기게 되었고, 단독으로 사용하는 건물은 아니지만 자기 지분持分 소유를 갖게 될 만큼 성장하였다.

　또 나 개인적으로도 그렇게 하고 싶었던 공부를 마치고 내 실력으로는 가당치도 않은 출판학에 관한 석사 학위도 받고 또 분에 넘치게도 대학원에서 강의를 맡게까지 되었다. 어떤 웅지雄志를 가지고 출판계에 투신한 것도 아닌데 업계에서 과분한 대우를 받을 때 송구스럽기까지 하다.

　경제적으로도 30년 전에 비한다면 많은 부를 축적하였

다고 할 수 있다. 담요를 문틀에 걸어 바람막이를 삼았던 그 집에서 시작하여 아내의 탈脫가난 작전의 한 방편으로 시도된 일곱 번의 이사 끝에 지금은 번듯한 정원에 부족할 것이 없는 집에서 살고 있다. 어렸을 때 꿈꾸었던 것에 비하면 지금은 그 목표를 훨씬 넘어서 있는지도 모른다.

오늘 두 분의 손님이 우리 사무실에 다녀갔다. 한 분은 초급대학에서 출판학 강의를 하는 J교수인데 박사 코스를 밟지 않느냐는 것이었다. 그리고 지업사를 경영하는 J사장은 이제 출판사의 역사가 20년이 되고 기반도 튼튼하게 다져졌으니 문화 창달에 공헌할 수 있는 명예스러운 출판물을 간행하여 출판계에서 존경받는 인사로 성장할 때가 되지 않았느냐는 격려 비슷한 말을 남기고 갔다. 그분들의 말에 나는 현재로서 모든 것에 만족하고 있다고 답했다. 또 오히려 내 인생의 그릇에 비해서 너무도 과분하게 많은 것이 담겨져 있다고도 말했다. 두 분이 돌아간 후 나는 그릇 크기보다 물이 많으면 넘치게 마련이고 기온이 내려가 물이 얼면 그릇이 터진다는 이치를 항시 염두에 두면서 살아야겠다는 생각을 하면서 집으로 돌아왔다. 집에 오니 우편물이 하나 와 있었다. 서울 근교의 전원지대에 M회원을 위한 택지 조성을 하고 있는데 토지값이 엄청나게 싸다는 정보가 담긴 것이었다. 그것을 본 내 마음에는 노후의 안식처를 위해 2백 평 한 필지쯤 사 놓을까 하는 욕심이 뱀의 머리처럼 불쑥 솟구쳤다. 부처님은 배에 스며든 물을 퍼내듯이 욕망을 퍼내라고 하셨는데…… 슬프도다. 간사하고 변덕스러운 나의 마음이여! 1986

# 회상回想


젊었을 때는 하고 싶은 일이 그리도 많았다.

나는 한때 바닷가에 있는 뱃공장 안에 있는 집에서 살았다. 그때 중학교에 진학할 형편이 못되어서 야간중학을 다니면서 낮에는 뱃공장에서 잡일을 몇 달간 하였다. 도목수都木手 밑에서 톱·망치·대패 등을 갖다 주는 잔심부름을 하는 것부터 일을 배우기 시작했다. 빨리 뱃목수 일을 배워서 조선소의 공장장이 되겠다는 것이 그때의 내 꿈이었다.

그런데 가끔 큰 화물선이 수선을 하기 위해 조선소 도크 위에 올려질 때면 마도로스파이프를 입에 물고 거드름을 피우는 화물선의 선장이 그렇게 부러울 수가 없었다. 그 순간 나는 크면 꼭 멋있는 기선의 선장이 되어야겠다는 생각에 잠을 설치곤 하였다.

그러다 14연대 반란사건이란 여수·순천사건이 터지고

나는 고향에서 야간중학을 다니다 순천시의 농림학교로 전학을 하게 되었다. 먼 친척 되시는 분이 주지로 계시는 절에서 그 당시로는 가장 힘들었던 먹고 자는 숙박문제를 맡아 주시겠다고 하여 절 생활을 하게 되었다. 절에는 가끔 고승들이 다녀가셨다. 생식生食을 하시면서 하루 종일 부처님 앞에서 좌선坐禪을 하고 계시는 스님이 계시는가 하면 불자佛子들을 법당에 모아 놓고 부처님의 가르치심과 팔정도八正道 등 불교의 교리를 설파하시는 스님도 계셨다. 그 스님들이 무욕 무심 무애無碍한 해탈의 경지에서 유유자적悠悠自適하는 모습을 보고 있으면 나도 스님이 되어 속세를 등지고 입산수도나 해버릴까 하는 생각을 한 적도 한두 번이 아니다.

그러다 6·25 전쟁이 나고 절에서 나와 학교에서 매점을 보면서 고학을 하는 동안 생각은 많이 바뀌기 시작했다. 매일 닥쳐오는 모든 고난을 이기면서 돈도 벌고 명예도 얻어야 되겠다는 강한 의지 같은 것이 싹트기 시작했다. 모든 학생이 시내로 들어가고 아무도 없는 기숙사에서 자취생활을 하면서, 저녁이면 지리산 빨치산들이 준동하고 학교 본관을 불태우는 등 전율의 밤을 며칠씩 지새우면서도 꼭 고등학교를 졸업해야겠고 어떤 방법을 택해서라도 대학교는 졸업해야겠다는, 그때로는 허황한 꿈을 꾸기 시작했다.

그러다가 이데올로기로 인한 그 추하고 치열한 싸움, 자유당 정권의 부정과 부패, 권력의 횡포, 돈 있는 자들의 오만, 이런 것들의 감수성이 예민하였던 젊은 나로 하여금 사회정의 구현이라는 사회참여 의식을 갖도록 해준 것 같다.

중학교 시절 심훈의《상록수》와 이광수의《흙》에 나오는 주인공인 박동혁과 허숭을 그렇게 동경하던 내가 법률을 공부해서 억눌린 자를 위하여 일하겠다는 생각이 들기 시작했다.

고등학교를 마치자 몇 권의 법률 서적이 든 짐 보따리를 싸 짊어지고 산속 깊은 곡성군 목사동이라는 산마을에 있는 기공섭이란 친구 집으로 찾아갔다. 그곳에서 법률공부를 하는 동안 나는 자극을 받기 위해서는 서울로 올라가 고학을 하면서라도 대학을 다녀야겠다는 생각으로 1955년 초봄에 이렇다 할 계획도 없이 서울로 올라왔다. 폐허가 된 서울, 어느 한 집 나를 맞아줄 곳 없는 서울에서 온갖 고생을 하며 대학에 진학하여 법학을 공부했다. 그러나 법학은 나의 적성과는 너무나 맞지 않았다. 고학을 하기 위해 다녔던 잡지사의 기자 생활, 특히 원고 교정을 보고 편집을 하고 책을 만들어 내는 일이 그렇게 즐겁고 보람찰 수가 없었다. 게다가 잡지사의 기자 생활을 하면서 그 당시 야당 거물인 정치인과 또 학생운동을 하는 젊은 정치지망생들과 접하는 기회도 많아졌다.

이들을 만나면서 정치인이 되어서 내 몸을 던져 자유당 독재정권과 싸워야겠다는 의분심 같은 것이 치솟기도 하였다. 그래서 3·1학생동지회도 조직하여 군에서 제대한 후 4월 혁면 때는 4월혁명정신선양회를 조직하여 4·19정신을 선양하기 위해 앞장서기도 했다.

그러다 5·16 군사정변이 일어났다. 나는 그때 민주당의 기관지인 《민주정치》라는 신문의 편집을 맡고 있으면서 민주정치의 정착을 위해 나름대로 열심히 일했다. 5·16 군사정변이 성공하자 정권을 잡은 자로부터 유혹을 받기 시작했다. 나는 그들을 피해 종로구 통의동 뒷골목에 있는 헌책방에 점원으로 취직한 후 몇 년의 세월을 보내며 결혼도 하고 헌책방도 하나 마련하여 독립을 하였다. 그리고 동대문 뒷골목에서 헌책방을 하다가 1966년에 '범우사'라는 출판사 등록을 하였다. 그 후에도 잡지사 편집장과 주간으로 편집기획안을 도와주며 1년에 한두 권의 책을 내면서 출판사를 운영하다가 박정희 정권의 10월 유신이 나면서 모든 잡지사들이 문을 닫게 되자 나는 범우사에 온 정력을 쏟기 시작했다.

세종문화회관 뒤 도렴동의 3·6빌딩 층계참 밑 세 평짜리 사무실에 책상 하나, 친구가 놓아 준 전화기 한 대로 페달을 밟지 않으면 넘어진다는 자전거 출판론의 이론대로 내 역량을 다하여 페달을 밟기 시작했다. 많은 사람들의 도움으로 한 해에 신간 50여 권을 내기 시작했다.

이렇게 출판인으로서의 긴 뿌리를 내렸지만 가끔 마음이 흔들릴 때가 있다. "출판을 위해 꾸준하게 한길을"이라는 구호를 매번 뇌까리지만 어머니가 바라던 관리에의 꿈, 정상적인 공부를 하지 못한 여한 때문에 50이 되어 석사과정 공부를 하고 객원교수의 직함까지 얻었지만 더 이상의 것을 바라는 학문에 대한 허욕, 정치의 계절이 되면 그동안 눈도 돌리지 않았던 신문 정치면의 7포인트 활자를 돋보기를 끼고 샅샅이 읽어가는 정치 지향의 무모한 관심, 불후의 명수필이나 시 한 편을 남겨 보겠다고 매년 정초면 일기장에 다짐해 보는 헛된 망상, 이 모든 욕망들을 가지치기해 보려 자신과의 투쟁을 부단히 하고 있다.

출판은 모든 학문과 과학과 예술의 기본이다. 훌륭한 출판사는 대학을 능가하는 사회적·국가적 의의를 갖는다. 이러한 자부심으로 출판의 길을 가고 있다. 출판은 내가 달하지 못한 학문의 길, 작가의 길, 정의사회 구현의 길, 이 모든 길을 뒷받침할 수 있는 요소를 가진 기업이라는 변을 되풀이하며 오늘도 한길을 열심히 걸어가고 있다. 이제 60을 바라보는 고개마루턱에서 적은 일이나마 한 일을 위해 보람찬 맺음을 지을 나이가 된 것 같다. 1992

# 추상追想

　내 고향 돌산에 연륙교連陸橋가 놓이고 읍邑으로 승격하였다는 기사가 신문에 났다.

　이 섬이 우리나라에서 여섯 번째로 큰 섬이라느니 일곱 번째라느니 하고 어렸을 때부터 들어왔지만, 아직 그것을 확인해본 적은 없다. 굳이 확인할 필요가 없었던 탓인지도 모른다.

　이 섬이 내게는 지금도 생각하면 가슴이 얼얼한 갖가지 지난날의 사연들이 서려 있는 곳이다.

　지금은 여수항麗水港에서 발동선으로 5,6분이면 갈 수 있고 밤에도 배의 내왕이 빈번하여 지척의 거리지만, 옛날에는 그렇지 않았다.

　내가 초등학교에 다닐 때만 해도 노 저어 다니는 조그마한 목선木船으로 통학을 했는데, 아침에 잔잔하던 바다가 갑자기 폭풍이 이는 바람에 나룻배가 끊겨 집에 돌아가지 못한 적도 있었다. 그런 날이면 해가 지고 선창가에 해등海燈이 켜질 때까지 혹시 배가 없나 하고 부두를 서성거리곤 했었다. 그러다가 그냥 돌아설 때면 손에 잡힐 듯한 그 섬이 그렇게도 멀리 느껴질 수가 없었다.

나는 중학교에 다닐 때부터 객지생활을 하였다. 그래서 방학이 되거나 명절 때가 되면 어머니가 계시는 고향으로 가기 위해 여수행 열차를 탔다. 여수에 도착하면 나룻배가 끊어진 시간이라도 엎어지면 코가 닿을 듯한 곳이니 어떤 수단을 써서라도 집에 갈 수 있겠지 하는 기대로 나루터로 달려간다.

그러나 막상 어둠이 깔린 선창은 굵은 밧줄로 매달아 놓은 고깃배만이 한가로이 물결에 흔들릴 뿐 고요히 잠들어 있다. 혹시, 조선소의 목수들이 영화구경이라도 하기 위해 타고 온 보트라도 없나 하고 어선 사이를 기웃거리며 부두를 따라 종포鐘浦 쪽으로 걸어간다. 포구에 못 미처 불쑥 나온 갑岬에 서서 바다 건너를 바라보면 조선소에 올려놓은 배들 사이로 우리 집의 호롱불 빛이 보인다.

바람이 일지 않고 바닷물이 잔잔한 밤이면 "형두야! 형두야!"하고 내 이름을 목청껏 불러댄다. 어느 때는 어머님이 그 소리를 들으시고 동네 친구들을 노 젓게 하여 건너오시기도 하였지만, 그런 요행은 자주 있는 일이 아니다.

어머님이 돌아가시기 전 3,4년간은 아버님 기일忌日이나 명절 때면 으레 전마선傳馬船을 나루터에 매어 놓으시고 어머님은 나를 기다려주셨다.

이 돌산에 사업비 61억 원을 들여서 길이 481미터, 너비 11.7미터의 연륙교를 놓는다는 것이다.

내가 자란 곳은 이 섬의 북쪽에 있는 백초란 곳이며 큰댁과 아버님의 산소와 선산이 있는 곳은 남쪽에 위치한 작은복골이란 한촌閑村이다.

난리가 날 때마다 나는 괴나리봇짐을 싸 짊어지고 50여 리나 되는 큰댁으로 걸어서 피난을 갔다. 여수·순천 사건이 났을 때에는 중학교 1학년이었는데, 밤중에 험한 자갈길과 산을 넘어 피란을 갔으며 6·25동란 때는 큰댁에 피해 있으면서 낮에는 배를 타고 멀리 바다로 나가 조기 낚시를 했다.

그해 여름이었다. 금오도가 보이는 남해 바다 위에서 수십 척의 돛단배가 돛을 내리고 조기를 낚고 있었다. 거의가 공산당원들을 피해서 바다로 나온 사람들이었다. 그날따라 바람 한 점 없는 쾌청한 날씨였다. 가끔 낚아 올린 조기가 뱃전에 떨어지면서 퍼덕이며 몸부림치는 소리와 노 젓는 소리만이 귓전을 스칠 뿐이었다. 점심을 먹고 같이 간 두 어른이 낚싯줄을 드리운 채 담배를 막 태우려는데 남쪽에서 호주기라 불리던 제트기 한 대가 장대처럼 뾰족뾰족 솟은 돛대를 스치듯 지나갔다.

모두들 일어나 손을 흔들고 "대한민국 만세"를 불렀다. 막혀 있던 가슴이 확 트이는 것 같았다. 우리들은 비행기가 사라진 후까지도 만세를 부르며 서 있었다.

그런데 이 어인 일인가? 다시 나타난 10여 대의 제트기가 번갈아가며 무차별 사격을 가하는 것이었다. 배는 한두 척씩 침몰되고 사람들은 물속으로 뛰어들어 헤엄치기 시작했다. 나와 같이 탄 벙어리 어부는 배 갑판을 막대로 치며 기성을 질러댔다. 순식간에 아수라장이 되고 말았다.

나는 이성을 잃지 않으려고 애썼다. 한 편대의 비행기가 기총 사격을 하며 다가오자 바닷물이 하얗게 튀어 올랐다. 비행기는 내가 있는 곳을 향해 점점 가까워오고 있었다. 나는 해심海深을 향해 깊이깊이 무자맥질을 하였다. 비행기가 지나갔을 때쯤 해면으로 떠올라 심호흡을 하고는 비행기가 다가오면 또 무자맥질을 하였다. 그러면서 멀리 보이는 뭍을 향하여 헤엄쳐갔다.

많은 사람들이 모여 웅성거리는 소리에 나는 정신이 들었다. 모두들 횃불을 들고 있었다. 뭍에 닿자 기절을 한 모양이었다. 모래톱에 엎드린 채 살았구나 하는 생각이 불현듯 들었다.

여기저기서 곡성이 들려왔다. 그날 많은 사람이 죽었다. 나와 같이 간 J씨도 돌아가셨다.

이것은 돌산이란 섬과 나 사이에 얽힌 한 사건에 불과

하다. 이렇듯 이 섬은 나에게 크고 작은 많은 이야기를 남겨준 곳이다. 내가 거닐었던 오솔길에 보도블록이 깔리고 몇 십 년 동안 바뀌지 않았던 땅 주인이 아침저녁으로 바뀌며 인구도 그 때의 4배나 되는 8만 명이 된다지만, 그 숱한 사람들의 분주한 발자국도 내 머릿속에 담긴 이런 추상만은 지우지 못할 것이다. 1980

# 나의 어머니

불가佛家에서는 현세에서 옷깃을 한 번 스치는 것도 전생에 천겁千劫의 인연이 있었다고 하거늘 그렇다면 어머니와는 전생에 몇 억겁의 연분이 있었는지도 모른다.

곱게 빗질하여 쪽찐 머리에 흰 눈과 같은 행주치마를 허리에 동여맨 어머니를 어머니로서 의식한 것은 어느 때부터였을까?

운명에 순응하기보다는 닥쳐오는 운명에 부닥치면서 한 아들을 위하여 일생을 살아오신 어머님은 한일합방 직후 일제의 탄압이 악마의 손길처럼 전국으로 번져갈 때, 한 어부의 큰딸로 태어나셨다.

여수항에서 남쪽으로 다도해를 끼고 발동선을 타고 두어 시간 가면 돌산이라는 섬의 군내리라는 한산한 어촌에 이르게 된다. 그곳에서 일찍 아버님을 여읜 3남매 중 위로 오빠 한 분과 아래로 한 여동생을 돌보며 낮에는 바닷가에 나가 석화石花를 까면서 폐쇄된 섬 생활을 해오셨다. 열여덟 되던 해, 중매쟁이가 일본에서 왔다는 사진 한 장을 가지고 온 것을 보고 나의 아버님과의 혼약이 결정된 것이다.

나의 아버님은 몰락해버린 윤 감찰 댁 셋째 아들로, 어머니의 고향마을에서 천하대장군과 지하여장군의 장승이 양옆에 서 있는 벅수골이라는 고개를 하나 넘어 10리쯤 가면 작은복골이란 마을이 있는데, 그곳에서 성장하셨다. 어릴 때 지나가는 탁발승이 "이 아이는 필시 단명하리라"고 한 단명론 때문에 아버지는 이 사찰에서 저 암자로 전전하다가 철이 들 무렵에는 현해탄을 건너 일본으로 가셨다.

그 후 돈을 좀 벌어서 고향 처녀에게 장가가겠다고 세비로 양복에 넥타이를 비스듬히 매고 중절모를 쓴 사진 한 장을 보낸 것이 "여자 팔자 뒤웅박 팔자"라는 어머님의 일생을 결정짓고 만 것이다.

이국異國의 국제항인 일본의 고베神戸에 내린 어머님, 태어난 후 자전거 한 번 보지 못하고 육지에 발 한 번 디뎌보지 못하였던 어머니에게는 닥쳐오는 시간과 옮기는 장소마다 죄어오는 시련뿐이었다. 그곳에서 어머님은 체념과 인내를 배우셨으리라.

이역만리 낯선 곳으로 단 한 사람 믿고 찾아온 남편이 '다나카 철공소'라는 간판을 걸고 선반旋盤 한 대와 자전거포를 겸한 조그마한 가게를 보면서, 백만장자의 아들인 양 포커, 경마 등 온갖 도박에 빠져 몇 날 며칠이고 나타나지 않으셨을 때도 한없는 고독을 안으로 삼켜가며 가정을 지켜오셨다.

나는 그 고베 산노미야 역전驛前 다나카 철공소 2층 다다미방에서 추운 겨울날 아침에 태어났다.

나에겐 형이 하나 있었으나 돌 전에 죽고 누나도 어려서 죽었다. 그래서 어머님은 항시 "나는 부모 복도 없고 남편 복도 없으니, 너나 훌륭한 사람이 되는 것을 보며 살겠다"고 말씀하셨다.


우리는 2차 대전이 시작된 후 일본 제2육군병원이 있는 사가미하라相模原라는 곳으로 이사를 가서 병원에 청소도구 납품업을 하기 시작했다. 병원에 청소도구를 납품하기 위해서는 많은 손이 필요했으며 그 숱하게 소비되는 걸레를 깁기 위해서는 수십 명의 종업원을 다스려야만 했다.

그러나 아버님은 어렸을 때부터 몸에 밴 방랑벽 때문에 후지산, 오야마, 하코네, 규슈, 홋카이도 등으로 주유천하周遊天下를 하시는 것이었다.

그곳에서 나는 2킬로미터쯤 떨어져 있는 오오노大野 제일초등학교에 다니게 되었다. 학교 가는 도중엔 도쿠야마라는 노인 내외분이 사는 집 뒤뜰에 큰 계피나무 한 그루가 서 있었는데, 가을이 되면 동네 꼬마들이 떨어지는 계피잎을 주워 먹곤 했다.

그러던 어느 날 하학길에 일본 아이들과 계피나무를 흔들어 떨어진 잎을 막 주우려고 하는데, 도쿠야마 노인이 뛰어나오더니 "이놈의 조센징 새끼가 무엇하러 왔느냐?"며 마구 쫓아오는 것이었다. 나는 혼비백산하여 집으로 도망쳐 와서 어머니에게 그 사실을 여쭈었더니 "그런 건 무엇하러 주우러 갔다가 그런 봉변을 당하느냐?"고 하시면서도 "그놈의 영감이 어린아이까지도 조선 사람이라고 경멸을 하는군" 하고 언짢아하시는 것이었다.

그날 저녁때 노을이 한없이 붉게 타고 어둠이 짙어질 무렵, 나는 성냥 한 갑을 호주머니에 넣고 낮에 조센징 새끼라고 욕하던 도쿠야마 노인의 농가로 달려갔다. 집 근처에 가선 슬금슬금 기어가 그 집 앞마당에 겨울땔감으로 준비해 놓은 나뭇단에다가 불을 지르곤 "불이야, 불이야!" 하고 소리 질렀다. 불은 삽시간에 하늘로 치솟았고 마을 사람들이 손과 손에 물을 들고 뛰어나왔다. 그 틈을 타서 뒤뜰에 있는 계피나무에 올라가 큰 가지 몇 개를 꺾어 질질 끌고 집으로 돌아왔다.

그 다음날 새벽, 동이 트기도 전에 도쿠야마 영감이 쫓아와선 온갖 욕을 다 퍼붓자, 한참 후 어머님은 "모든 것을 다 변상하지요. 얼만지 청구를 하십시오. 그런데 영감

님, 그렇게 조선 사람을 천시하면 못 쓰는 거예요" 하고
한마디 하시는 것이었다.

이 일에 대해 그날도 그 훗날도 어머님은 나를 잘못했
다고 한 번도 꾸짖은 일이 없으셨다.

그해 겨울이었다. 급우였던 다케야마竹山라는 신사神社지
기 아들하고 무엇 때문엔가 싸움을 하게 되었다. 그런데
왜놈들은 사소한 일에도 상대방이 한국인이면 "조선놈 바
보새끼", "조선놈은 다 죽어라" 하는 식으로 조센징이란 민
족을 버러지처럼 천시하며 경멸하는 것이었다. 그러한 경
멸을 당한 것이 분해 그놈의 멱살을 잡고 실컷 두들겨주
었더니 코피가 터지고 얼굴에 상처가 나기도 하였다.

그런지 얼마 후 신사로 동백꽃 떨어진 것을 주우러 갔
었다. 떨어진 동백꽃을 모아 꽃술을 떼어버리고 거기에다
실을 꿰어서 화환을 만들어 목에 걸기 위해서였다. 다른
때는 반갑게 맞아주며 "교오토烱斗짱, 많이 만들어라" 하
고 친절하게 대해주던 다케야마의 아버지가 그날은 더러
운 조센징이라고 욕을 하며 쫓아내는 것이었다.

쫓겨 온 후 하도 분해서 심술이라도 부리려고 다시 신
사를 찾아갔더니 아무도 눈에 띄지 않아 신사 지붕 옆으
로 뻗은 동백나무에 올라가선 신사 지붕에다 오줌을 갈겼
다. 처마를 통하여 오줌이 떨어지는 소리를 듣고 신사당
안에 있던 다케야마의 아버지가 비가 오는가 하고 뛰어나

왔다가 신사 지붕에다 오줌을 싸고 있는 나를 발견하곤 대경실색하는 것이었다.

이 사건으로 나는 일약 유명해지고 말았다. 일본의 수호신을 모시고 있는 신사당, 신성불가침의 신역神域의 지붕에다 오줌을 쌌으니 오족을 멸해도 시원치 않다는 것이다. 매일 유지회有志會가 계속되었고 학교에다간 퇴학을 시켜야 한다고 압력을 넣고 우리 공장은 몰수하고 가족은 추방하여야 한다고 야단들이었다. 그런데 이 야단이 나던 날 어머니는 나에게,

"왜 신사神社 지붕에다 오줌을 쌌지?"

하고 물으시기에,

"신사 뜰에서 동백꽃을 줍는데 다케야마의 아버지가 더러운 조센징 나가라고 쫓아내기에 화가 나서……"

라고 말씀드렸더니

"그래 알았어"

하시고는 그 북새통에서도 한마디의 꾸지람도 없으셨던 어머니다.

그 후 아버님이 몇 곳을 다녀오셨고 육군병원의 계급깨나 있는 분이 몇 번 왔다 갔다 한 후 문제가 해결된 모양이었다.

이렇게 아들의 사기를 돋우고 불의의 반항엔 묵시적인 동조를 하시던 어머님이시지만 나쁜 일에는 누구보다도

엄격하고 단호하셨다.

초등학교 2학년 때의 어느 추운 겨울날이라 기억된다. 우리 집 앞에 다로오太郎라는 나보다 서너 살 더 먹은 한국 아이가 있었는데, 자기 부모들이 우리 공장에 다녔기 때문에 더욱 친했었다.

어느 날 학교에서 돌아오니 집에는 아무도 없고 다로오만 앞마당에서 햇볕을 쬐고 있으면서 시내에 곡마단이 들어왔는데 보러 가지 않겠느냐는 것이다. "그래 가자"고 하였더니 "너 돈 있어?" 하고 말하는 투가 네가 어디 돈 있겠냐고 깔보는 것 같았다. 그래 안방에 들어가서 장롱 안에 있는 금고를 열고 다로오에게 자랑도 할 겸 돈을 듬뿍 가지고 나와선 시내로 향하였다.

재미있는 서커스 구경도 하고 남은 돈으로 고무풍선과 연도 사고 권총, 칼 등 십여 가지의 장난감과 먹을 것을 사 가지고 어둑어둑해서야 집으로 돌아왔더니 어머님이 성난 음성으로 부르시는 것이었다.

그때 어머님은 왜 그렇게 무서운 얼굴을 하고 계셨을까? 얼굴엔 경련이 일고 이와 이가 부딪치는 소리, 그 무서운 눈, 그렇게 실망과 노함이 얽힌 표정을 예전엔 한 번도 본 일이 없었다.

내가 입었던 옷을 갈기갈기 찢어버리고는 실오라기 하나 걸치지 않은 벌거숭이에다 내가 사가지고 들어온 연과 고무풍선을 목에다 매고, 총과 칼은 허리에다 달아매더니 빵과 과자를 입에다 물리고는 팽이, 자동차 등 장난감을 양손에 들려 놓고 회초리로 볼기짝과 종아리를 힘껏 때리시는 것이었다.

나는 아픔을 견디다 못해 밖으로 뛰어 달아났다. 엄동설한 추운 강풍이 몰아치는 언덕길을 한없이 도망쳐 달아났다. 연과 고무풍선은 뒤에서 훨훨 날고 허리에 찬 칼과 총은 금속성을 내며 딸랑거리는 그 장면을 보신 어머님의 마음은 얼마나 상하셨을까?

그런 후 어머님은 며칠 동안 눈물을 흘리시며 식음을 전폐하셔서 쇠약하실 대로 쇠약하셨다. 사람 될 놈은 떡잎부터 알아본다는데, 유일한 기대를 걸었던 아들 하나가 금고를 털어가지고 구경이나 다니고 못된 짓을 하고 다니니 얼마나 마음이 아프셨으며 그동안 쌓고 쌓으신 크나큰 꿈이 남가일몽이 되었다고 생각할 때 오죽이나 어머님은 분하셨겠는가?

일본의 패색이 점점 짙어가던 때, 죽어도 고향에 가서 죽겠다는 아버님의 주장으로 우리 세 식구는 그저 간단한 트렁크 몇 개를 꾸려가지고 한국으로 나왔다. 공습이 시작되고 정기 관부關釜 연락선이 끊기고 군수물자를 싣고 다니는 부정기적인 화물선인지라 민간인들의 짐은 거의 실어주지 않았다. 모두들 살림살이를 가져가지 못하는 서운함 때문에 고국으로 돌아가기를 망설였으나 일단 남편을 따라 고향으로 가기를 결심한 어머님은 "쓸데없는 소리들 마시오. 폭격을 맞으면 모두 재가 되어버릴 터인데 목숨만이라도 살아서 부모형제와 같이 고향땅에 가 사는 것 이상 더 좋은 일이 어디 있겠소" 하고 그들을 조용히 타이르시는 것이었다.

촌뜨기 새댁이 멀고 낯선 이역에 와서 말로 형용할 수 없는 고통과 외로움을 겪고 15년 만에, 그것도 피란이라는 형식으로 고향을 찾아오는 그 심정은 무엇이라 형용할 수 없었으리라. 고향에 와보니 모든 농가들은 극심한 공출(供出)로 쌀·보리는 돈으로도 살 수 없고 고구마나 조밥, 심지어는 콩깻묵밥과 소나무 속껍질에 쑥이나 잡곡을 섞어 지은 송기밥으로 연명하는 사람이 많았다.

우리가 찾아간 큰집도 예외일 수 없었다. 하루는 어머님이 외가댁에 다녀오겠다고 떠난 지 3일 만에 돌아오셨는데, 버선 속과 허리춤에 쌀을 차고 오셔서 며칠 동안 쌀밥 구경을 할 수 있었다. 위장이 몹시 나쁘신 아버지와 어린 외아들들을 위해 얼마 후에 어머님은 또 쌀을 구하러 가신다고 떠나셨는데, 며칠 후 핏기 없는 얼굴로 돌아오셨다. 여수까지 다 와서 객선을 타려는 선창가에서 그만 순사에게 쌀이 든 륙색을 빼앗기고 말았다는 것이다. 륙색 안에다 작은 자루를 만들어 쌀을 넣고 그 위에다 감자를 넣어

감쪽같이 위장을 하였는데도 어떻게 그놈이 알았는지 모르겠다고 분해 하시며 잠을 못 이루시던 어머님의 모습이 어제 본 듯 떠오른다.

그런 얼마 후 해방이 되었다. 해방의 기쁨도 가시기 전에 아버님은 오랫동안 앓아오시던 병이 악화되어 그 이듬해 봄에 돌아가시고 그로부터 어머님은 오직 한 아들을 위하여 어떤 고난에도 굴하지 않고 강하게 살아오신 것이다.

일본에서 나올 때 좀 가져오셨던 돈으로 농토를 사서 농사를 지어보았으나 아버님의 병환이 심하여지자 여의치 않아 농토를 팔아 어선漁船을 샀는데, 그것마저도 남을 시키니 마냥 손해만 보는 것이었다.

그래서 배도 팔고 해방 후 일본 사람이 경영하던 조선소 하나를 이모부와 같이 인수하였는데, 그것도 불행하게 이모부와 아버님이 돌아가시고 이종형님 두 분이 여순사건에 무고하게 좌익으로 몰려 죽은 다음 누구 하나 돌보아주는 사람이 없어 법률적인 쟁소爭訴 한 번 해보지 못하고 빼앗기고 말았다.

어머님에게 이제 남은 재산이라고는 짐스러운 아들과 손재봉틀 하나뿐이었다. 그 손재봉틀 하나에 생계를 맡기고 한 아들의 성장에 기대를 거시며 어머님은 밤낮을 가리지 않고 일하신 것이다.

그런데 내가 중학 1학년 때인 10월에 동족상잔이란 말로도 표현할 수 없는 끔찍한 여수14연대 반란사건이 일어났다.

많은 이웃 청년들이 죽었다. 마을의 남녀노소 모두가 배에 실려 여수 종포에 있는 초등학교 교정으로 끌려갔고 그 중에서 일곱 청년이 일제시대에 헌병 상등병이었다는, 백두산 호랑이라는 사나이의 일본도日本刀에 목이 달아났다.

그것을 보고 오신 어머님은 강력하게 나의 등교를 막으시는 것이었다. 공부해서 무엇하겠느냐는 것이다. 어머님 앞에서 피를 뿜으며 죽어간 청년들도 무식하였던들 죽지 않았을 것이 아니냐는 것이다.

어머님의 완고한 고집 때문에 나는 새로 생긴 서당에서 저녁이면 천자문을 배우며 2개월을 보냈다. 그러던 어느 날 어머님에게 "어머님이 학교에 보내주지 않으시면, 제가 고학이라도 하여 다니겠습니다. 고향에선 고학하기가 힘들 것 같으니 객지로 가게 전학금만 좀 마련해 주십시오"하고 연 10여 일을 졸라대었다. 그랬더니 그러면 갈퀴나무落葉松 30짐을 하루도 빠짐없이 해오라는 것이었다.

그 이튿날부터 큰댁에서 맞추어온 꼬마지게를 지고 도시락을 허리춤에 달고 나무꾼을 따라 나무를 하기 시작했다. 그 무렵에는 워낙 도벌들을 하여 나무가 없을 뿐만 아니라 여수14연대 반란사건 후 빨치산들이 산 속에 숨어 있다가 저녁이면 민가로 내려와 괴롭힌다고 나무가 좀 무성한 곳은 모두 벌목을 해버려 갈퀴나무를 한다는 것은 여간 힘 드는 일이 아니었다. 그런데다 설상가상으로 우리 동네는 여수시와 가까워서 새벽부터 나룻배를 타고 나무꾼들이 장사진을 이루며 건너왔다.

그래 우리 동네 나무꾼들은 새벽밥을 먹고 마을에서 약 8킬로미터가 넘는 굴 앞이라는 곳으로 가서 나무를 해오는 것이었다. 어린나이로는 여간 힘 드는 일이 아니었으나, 비 오는 날을 빼고는 하루도 쉬지 않고 나무를 하여 어머님이 분부하신 갈퀴나무 30짐을 해내고 말았다.

그날 밤 어머님은 어린 나를 불러 놓고 그만한 인내심이면 객지에 가더라도 여간한 고생쯤은 참을 수 있을 것 같다고 하시며 장한 아들이 되라고 격려해주셨다.

1개월 후, 나는 어머님이 만들어주신 학자금으로 여수에서 40킬로미터 떨어진 교육 도시인 순천順天의 농림중학교로 전학을 하였다.

당숙이 주지로 계시는 용화사라는 절에서 법당 청소와 심부름을 하며 얼마간 지내기도 하고 학교 매점에서 점원 노릇도 해가며 학교를 다녔다.

여름방학 때면 어머님과 같이 고향집 산 너머에 있는 돌산 해수욕장에 가서 사과궤짝 위에다 과일과 과자 등을 얹어 놓고 팔기도 하고 6·25동란 중에는 어머님과 나는 이집 저집 친척 농가를 다니면서 논김도 매고 며루잡이도 하며 지내는 동안, 육체적으로는 고되었으나 어머님과 같이 있는 것이 마냥 즐겁기만 하였다.

그런데 해방 후 왜놈에게서 매입하였던 조선소의 사택에서 살던 우리는 법률적인 수속의 미비로 조선소를 빼앗겨버린 후, 그곳에 딸려 있는 조그마한 두 칸 집에서 살다가 조선소를 확장하는 바람에 그 집에서마저 쫓겨나게 되었다.

그 딱한 사정을 알고 동네 어른 두 분이 20여 평씩 땅을 주어 어머니와 나는 그 땅에다 삼 칸 겹집을 짓기 시작했다. 밤새워 어머님과 같이 설계를 했다. 길갓집이라 두 칸은 가게, 그리고 큰방과 건넌방은 나의 공부방으로 정하고 방 하나를 더 들여 어머님의 적적함을 풀어드리기 위하여 마음 착한 분에게 주기로 하였다.

공사를 맡은 목수 영감님은 착한 분이었다. 나는 큰댁에 가서 서까랫감과 잔나무들을 구해오고 어머님이 삯바느질로 모으신 돈으로는 기와와 기둥감 나무 등을 사왔다.

잡역雜役은 동네분들이 노임도 받지 않고 십시일반十匙一飯으로 도와주셨다. 그러나 그것도 모두 어머님이 뿌려 놓은 씨를 거두신 것이었으리라.

산파조차 없는 동네, 나룻배로 건너 여수에 가면 병원이 있기는 했으나 가난하기만 한 그들은 병원이란 이상향인 엘도라도의 사람들이나 가는 것으로 알았고, 그런 마을에서 어머님은 산파며 외과의사였다. 그리고 받아낸 아이에게 작명까지 해주신다. 사내아이를 낳으면 명이 길라고 '판돌'이, 계집아이를 낳으면 다음에는 남아를 낳으라고 '두리'라는 식으로. 그리고 초상이 나면 그 어려운 상복을 격식에 맞추어 짓는 사람도 어머니였으며 결혼·회갑 등 큰 잔칫상은 으레 어머니의 손에 의하여 다듬어진다. 그래서 다재박복多才薄福한 어머님의 별명은 여이장女里長이었으며 외로운 당신을 사내다운 음성으로 억제하며 살아왔기 때문에 또 하나의 별명은 '양철'이었다.

그런데다 어머님의 음식 솜씨는 동네에서 예찬을 받을 정도로 특출하였다. 양념 하나 넣지 않은 것 같은데도 새큼한 김치 맛, 젓갈 몇 숟가락만으로 감칠맛 나는 겉절이, 된장에 풋고추 몇 개와 마늘 두어 개 다져 넣고 만든 가오리 된장백이, 고추장에 식초 몇 방울 넣고 만들어 놓은 군침이 도는 숭어회, 그 어느 것도 요사이 요리책 몇 권씩을 뒤적거리며 만들어 놓은 음식보다 맛있었다.

잿물을 내어 빨아 놓은 빨래는 표백제가 난무하는 요즘음도 거기에 미치지 못할 만큼 희디희었다. 이 모든 것이 어머니는 내 육신肉身의 고향이라는 관념 때문일까!

어머님은 집을 지으신 후로는 길갓집이라 구멍가게를 보기 시작하셨다. 새벽 일찍 나룻배를 타고 여수로 건너가셔서 과자, 음료수 등을 가득 머리에다 이고 돌아오셔선 아침도 드는 둥 마는 둥 하시곤 점포를 벌이고 하루의 일과를 시작하는 것이었다.

"자신의 능력을 포기하고 남에게 의지하는 것은 곧 거지의 근성과 통하는 것이며, 사람이 다른 동물과 다른 것은 자신에게 주어진 환경과 운명을 개척하는 데 있다"는 것이 어머님의 신조셨다. 게으른 사람을 제일 싫어하셨다. 때문에 운수불길하여 망한 사람에게는 동정하여도 게을러서 못 사는 사람에게는 물질뿐만 아니라 정신적으로도 한 푼의 동정도 하지 않으셨다. 그리고 순리順理에 역행하면서까지 재물을 얻는다든지 지위를 얻는 것도 용서하지 않으셨다.

나는 고생 끝에 농림고등학교 축산과와 광주에서 축산갑종강습소를 마치고 애당초의 꿈은 목장이라도 하며 어머님을 지성껏 봉양해야겠다고 생각했으나 세상은 꿈대로만 되지 않았다. 당장 종축種畜과 축사와 사료 등 그 어느 하나도 해결되지 않았다. 그래서 경찰전문학교나 가볼까 하여 어머님에게 여쭈었더니, 밥을 굶고 네가 초부樵夫가 되어 지게목발을 치며 농사를 지을망정 경찰과 세무직원만은 안 된다는 것이었다. 그 이유는 여수 14연대 반란 때 경찰과 세무서원의 희생이 커서였을 것이다.

고등학교를 졸업한 후 가정교사를 하던 집에 눌러 있으면서 병아리를 좀 사다가 양계를 하기 시작했다. 그해 가을에는 성계가 되어 이제 땅을 빌려 본격적인 양계업을 해야겠다고 계획하고 있던 어느 날 어머님이 오셔서, 대학 입학금을 마련하였으니 서울로 가서 내년 봄에는 대학에 진학하라는 것이었다. 나는 대학 진학을 포기한 지 오래여서 입시과목에 대한 공부를 하지 않았으므로 입시에 자신도 없었을 뿐만 아니라 입학금은 마련되었다지만 하숙비, 4년간의 등록금 등이 참으로 막연하여 "어머님, 제 형편에 어떻게 대학을 갑니까? 돈이나 벌어서 어머님이나 편안하게 모시겠습니다. 4년간 등록금도 그렇고 객지에 있을 곳도 없고……" 하였더니, 어머님은 노기 띤 음성으로 "사내놈이 왜 그렇게 대범하지 못하냐. 너의 아버님은 돈 한 푼 없이 말도 통하지 않는 일본에 건너가 그 나름대로 기반을 잡지 않았더냐. 아직 꿈으로 가득 차야 할 젊은 놈이 현실에 만족하고 안일한 생각만 하며 살겠다면 너는 내 자식이 아니다. 말을 낳으면 제주도로 보내고 사람을 낳으면 서울로 보내라고 예부터 하지 않았더냐. 잠잘 곳은 정거장 대합실이면 되고 먹을 것은 산 입에 거미줄 치겠느냐. 용기를 내서 한번 해봐라. 가겠다고 마음이 정해지면 오고 그렇지 않으면 영원히 남이다 그리 알라"는 말씀을 남기시곤 고향으로 돌아가셨다.

나는 이듬해 봄 서울로 올라와서 9년 만에 대학을 마쳤다. 참으로 잘 곳이 없으면 서울역 삼등대합실을 찾았다.

그리고 삼각지파출소의 숙직실 신세도 졌다. 여름이면 파고다 공원의 팔각정과 벤치, 아는 친구들의 하숙집과 자취방을 전전하며 기식寄食하고, 남대문시장 안의 꿀꿀이죽, 지금 삼일로 고가도로 밑 공지에 있던 포장마차 행렬의 수제비국수를 먹으며 어느 때는 굶는 고역 속에서도 나는 어머님의 말씀을 되새기며 용기를 살리곤 하였다.

한두 달마다 어머님으로부터 얼마의 돈이 올라오면 그것은 전차표 값과 책값 그리고 최소한의 식대로 충당하는 것이다. 이 돈이 오기까지는 몇 번에 걸쳐 곧 죽어가는 딱한 사연의 편지를 어머님에게 보내는 것이다. 답장은 내가 보낸 편지지 뒷면에 늦어서 미안하다는 내용의 글월과 돈 액수가 명기된 보통위체환을 역시 내가 보낸 편지봉투를 뒤집어 만든 봉투에 동봉하여 등기로 보내시는 것이다.

대학을 졸업하고 15대를 이어 살아온 고향의 군수나 면장이라도 되어 금의환향하기를 얼마나 바라시던 어머니였던가! 그러나 나는 불혹不惑이 다 되도록 돌산 면장은커녕 동장 한번 되어보지 못하고 3, 4년 전부터는 《다리》지 필화사건으로 형무소다, 재판이다, 얼마나 어머님의 가슴을 아프게 하였으며, 어느 때는 미끈한 양반들이 찾아와서 아들이 어디 있는지 행방을 가르쳐달라고 조르고 집에 오면 곧 연락을 하라는 말을 남기고 갔을 때의 어머님 심정은 오죽하였으랴…….

248

그래도 우리 어머님은 내 아들은 죄 지은 일이 없는데, 세상을 잘못 만나서 그렇다고 몇 번이나 노여워하시며, 이웃 어른 한 분이 "세상 되어가는 대로 살지, 집의 아들이 무언가 잘못한 일이 있는 것 아니오?" 하셨다가 그분하고는 그 후 상종도 안 하시더라는 것이다.

 그 어느 땐가 어머님은 "네가 좀 잘되기 위해서 친한 사람들을 실망시켜서는 안 된다. 가난하고 고될망정 네가 옳다고 생각하는 바른길을 걸어가라. 혹시 처자식 때문에 하는 일에 방해가 되거든 고향으로 내려 보내라. 밥이면 밥, 죽이면 죽 같이 먹고, 또 아이들 교육이야 못 시키겠느냐"고 하시던 어머님이시다.

 지난해 어머님 회갑도 자식 된 도리로, 아직 동장 한번 해본 일은 없지만 친지와 친구들을 동원해서라도 서울에서 한번 떠들썩하게 하여 "어머님 자식이 그래도 이렇소" 하고 허장성세를 부려보려고 하였더니, 어머님께서 "회갑연을 하는 것은 반대다. 굳이 하려면 고향집에서 가까운 친지 어른이나 모셔서 해라"고 하시기에 그 바보스러운 허장성세 한번 해보지 못하고 말았다. 그날 수십 장의 축전이 날아오고 서울에서 여러분들이 내려오시고 아들 손자들이 큰절을 드리고 하였더니, 미소 띤 얼굴에 눈물을 흘리시며 "너희 아버님이 살아 계셨더라면 얼마나 기뻐하셨겠느냐"고 하시던 어머님, 그동안 애비 없는 후레자식 소리를 듣지 않게 하기 위하여 얼마나 엄하셨던 어머니였던가!

나룻배에서 내려 집으로 가는 동안 생면부지生面不知의 어른에게도 인사를 하지 않으면 혼을 내시던 어머니다.

금년 봄 아버님의 제삿날 겸 어머님의 진갑이라 고향에 내려갔다가 어머님이 하도 수척하셔서 아버님의 기일제忌 日祭만 모시고 어머님과 같이 서울로 올라왔다. 2,3년 전부터 신경성 위궤양으로 몸이 편안치가 못하셨지만, 가게도 보시고 나들이에도 불편이 없다고 하시기에 종합 진찰이라도 받아보시게 하려고 모시고 온 것이다.

오시던 날은 집 근처 유명하다는 한의사에게 진찰을 받으셨는데, 위궤양 증세가 심하지만 약을 복용하면 완쾌되시겠다고 했다. 그 다음날 아내에게 종합병원에 모시고 가서 종합 진찰 수속을 밟고 있으라 하고 나는 그날 친구의 재판이 있어서 아침 일찍 변호사에게 들렀다 법원에 갔었다. 조금 후 사람이 쫓아와선 종합병원으로 가는 도중 졸도하시어 J병원에서 응급치료를 받고 계시다 하기에, 부리나케 J병원에서 E대학병원으로 모시고 가서 최선을 다하였으나, 5일 만에 어머님은 한마디의 유언도 없이 이 세상을 떠나시고 말았다. 한 아들을 위해 강하게 살아오신 어머님이 운명하신 것이다.

나는 그 후 일요일이나 휴일이면 서울 서부역발 8시 15분 교외선을 타고 장흥에 있는 코스모스가 만발한 신세계

공원묘지에 고이 잠들어 계시는 어머님의 묘소를 찾는다.

그러나 어머님은 꼭 살아 계시는 것만 같고 지금이라도 곧 나타나셔서 어린 손자들의 손을 잡고 "넓고 넓은 바닷가에" 하고 목청껏 클레멘타인을 불러주실 것 같다. 돌아오는 추석에도 막차로 내려가는 아들을 기다리며 선창가에 나룻배를 매어두고 여수역까지 나와 기다리고 계실 것 같은 어머니.

어머님은 정말 억겁의 인연을 끊고 돌아가셨단 말인가!

1973

# 비명碑銘

지난 일요일에는 꼭 가보려고 하였는데 가지 못하고 말았다.

3주 전 어머님 2주기周忌 날 산소에 심은 향나무 두 그루가 죽지 않았는지 무척 궁금하다.

나는 한 달에 한 번쯤 양주군 장흥면에 있는 신세계 공원묘지를 찾는다.

아침 일찍 서부역에서 출발하는 교외선을 타고 철따라 변하는 수많은 경치를 보는 것은 참으로 상쾌하다.

수색역을 지나 능곡쯤 가면 그곳부터는 풍진을 등진 한촌閑村이 내 마음을 끈다. 나는 차창 밖을 스쳐 가는 대자연과 대화를 한다. 산기슭에 자리 잡은 초가삼간이 내 고향집이 되기도 하고 오솔길을 지나는 노파가 내 어머니가 되기도 한다.

조그마한 간이역 역사驛舍가 30여 년 전 기차 통학 시절을 회상케 하며 쟁기질하는 농부의 모습은 짙은 향수를 일깨운다.

이러한 상념 속에 나는 수없이 지나간 중생들이 쉬고 있는 무덤을 바라본다.

그리고 산록山麓에 띄엄띄엄 보이는 무덤들이 한눈에 확 들어오는 곳에서 차를 내린다.

그곳이 신세계 공원묘지가 있는 장흥역이다. 산허리를 어느 날은 인파에 휩쓸려 오르는가 하면, 또 어느 날은 나 혼자 카네이션 꽃송이를 들고 가쁜 숨을 몰아쉬며 오르기도 한다.

으레 경내境內에 있는 매점에 들러 술 한 병과 건어포 한 봉지를 사 들고 무덤들 사이로 오른다.

나는 이 무덤 사이를 지날 때면 인생의 모든 번뇌가 사라지고 추악한 욕심이 잠들어 버리며 나 자신을 조용히 반성하게 된다.

어느 무덤 앞에는 싱싱한 생화生花가 활짝 피어 있는가 하면, 어느 무덤은 인적이 끊긴 지 오래된 듯 마른 꽃가지가 뒹굴고 있다.

그러나 어느 무덤 하나 나와 무관한 것 같지가 않다. 바다는 물의 고향, 무덤은 인간의 고향이라는 뇌까림과 "귀향歸鄉이란 근원으로 돌아가는 것"이라는 하이데거의 말 때문인지?

그리고 나는 그 무덤들 앞에 세워져 있는 비석들의 비명碑銘을 읽는다.

예부터 내려온 틀에 박힌 '金海金公××之墓'라 쓰인 비문과 '×× 여기 잠들다'의 간략한 비명으로부터 대리석에다 가첨석加檐石을 얹고 밑에는 농대석籠臺石으로 받친, 벼슬도 하고 돈푼이나 있는 자손을 둔 분의 장황한 공적이 적힌 비명도 또한 본다.

근대 교육의 아버지라고 불려지고 있는 페스탈로치는 그의 비망록에 "인생은 비명을 남기기 위하여 살다 가는 것인지도 모른다"고 기록해서 후세인後世人은 이 말을 그의 비명으로 삼았다.

인생이란 짧은 생애를 마치는 동안 위대한 업적을 남기기 위하여 피나는 투쟁을 하기도 하고, 선하고 의롭게 살다가 여한 없이 가는 사람도 있는가 하면, 천수天壽를 다하지 못하고 요절夭折하는 사람도 있다.

먼저 간 이의 공적과 선행을 남아 있는 친구나 자녀가 기려 비명을 새겨주기도 하고 또 어떤 사람은 죽기 전 자기의 비문을 미리 써 놓는 사람도 있다.

시인 워즈워스는 그의 친구인 세계적인 수필가 찰스 램의 무덤 앞에 "선한 사람으로 불러줄 만큼 착한 사람이었다"고 쓴 묘비를 세워주었으며,《군주론》의 저자인 마키아벨리의 묘비에는 "이처럼 위대한 명성에 대한 찬사란 한낱

사족蛇足에 불과할 뿐이다"고 새겨 그의 험난했던 일생을 찬양하고 있다.

그러나 그 위대한 명성의 그늘에는 그의 유자遺子가 "아버지가 남기고 간 것은 오직 빈곤뿐"이라고 개탄할 정도로 쓰라림이 없었던 것은 아니다.

나는 어머님의 산소로 오르는 길에 들러보는 묘소가 있다. 그 고인이 나와 생시에 일면식一面識도 없고 동향인도 아닌데, 나는 그 무덤 앞에 세워진 비문을 읽으면서 머리 숙여 나를 투시해보기 위함에서다.

두터운 신의와 따뜻한 우정을 삶의 보람으로 생애를 마치신 님의 고운 넋이 여기 잠드시다─친구 몇 사람이

이 비문을 읽을 때마다 나는 깊은 생각에 잠기는 것이다. 내가 걸어온 길이 이 부지不知의 고인 앞에 세워진 비명의 어느 한 뜻에라도 합당할 수 있을까? 그리고 이런 비석을 세워줄 단 한 사람의 친구라도 가지고 있는 것일까?

이제 나도 어느 곳을 향해 가야 하느냐는 것보다 어느 곳에 도착할 것인가를 측정할 나이에 달한 것 같다.

당신이 살아온 그 피나는 노정路程을 한마디 유언으로

도 표하지 못하시고 갑자기 운명하신 어머님의 무덤 앞에 앉아 술잔을 비우면서 생각의 심연에 빠진다.

그리곤 백운대 쪽에서 소나기를 몰고 오는 동남풍에 하느작거리는 향나무 가지를 바라보며 나는 이렇게 다짐해 보는 것이다.

오늘 죽어도 후회 없는 삶을 살아보자. 그리고 페스탈로치의 비망록에 쓰여진 대로 항시 내 무덤 앞에 새겨질 비명을 의식하며 보람 있는 생을 영위하여보자.

그리하여 어느 누구인가가 '여기 인간답게 살다 간 한 무덤이 있다'고 비명碑銘을 새겨주면서 못내 죽음을 아쉬워하는 내가 되어주었으면…… 1975

1935년 　12월 27일 일본 고베神戸 출생

1942년 　3월 일본 사가미하라相模原 오노大野 초등학교 입학

1948년 　2월 여수 서초등학교 졸업

1954년 　2월 순천농림중·고등학교(현 국립순천대학교 전신) 졸업

1956년 　10월 도서출판 창평사에서 발간한 월간《신세계》기자

1957년 　3월 월간《고시계》편집장 대리

1961년 　3월 민주당 당보《민주정치》기자

1962년 　4월 고서점 삼우당 경영

1963년 　2월 동국대학교 법정대학 법학과 졸업

1966년 　8월 도서출판 범우사 창업, 대표(현재)

1969년 　월간《신세계》주간(2개년)

1969년 　문예비평지《상황》창간

　　　　　월간《다리》편집인 겸 주간

1971년 　2월 월간《다리》필화사건으로 투옥(징역 2년 자격정지 2년 구형)

　　　　　9월 석당인쇄소 대표

　　　　　9월 7일 월간《다리》발행인

　　　　　11월 한국잡지협회 이사

　　　　　12월《수필문학》에 수필〈콩과 액운〉으로 등단

1974년  1월 한국문인협회 회원(현재)

4월 국제 앰네스티 한국위원회 재무이사

5월 월간《다리》필화사건 대법원에서 무죄 확정

1975년  9월 고려대학교 경영대학원 수료(경영진단사)

1980년  2월 한국출판금고 감사·이사

1982년  2월 중앙도서전시관 운영위원장

3월 한국도서유통협의회 회장

8월 미국 하와이대학 출판경영 연수

1984년  2월 중앙대학교 신문방송대학원(출판잡지 전공) 수료(문학석사)

9월 중앙대학교 신문방송대학원(출판잡지 전공) 강사(7개년)

10월 제1회 국제출판학술대회 개최 주도

1986년  3월 중앙대학교 예술대학 문예창작과 강사(2개년)

6월 한국출판연구소 이사(6개년)—연구소 설립을 제안함

1987년  9월 민족문학작가회의 창립회원

1988년  6월 한국출판협동조합 이사장

1989년  7월 한국출판학회 회장

9월 동국대학교 정보산업대학원 강사(3개년)

1990년  1월 한국서지학회 이사

3월 경희대학교 신문방송대학원 강사(3개년)

7월 한국언론학회 이사

9월 월간 《역사산책》 발행인(2개년)

11월 국립중앙도서관 한국문헌번호 운영심의회 위원

1991년　9월 범우출판장학회 설립

중앙대학교 신문방송대학원 객원교수(10년)

1992년　3월 월간 《책과인생》 발행인(현재)

7월 '93 책의 해 제정준비위원회 위원장

1993년　9월 서강대학교 언론대학원 강사

1996년　6월 한국고서연구회 회장

1997년　3월 계간 《한국문학평론》 발행인(2개년)

연세대학교 언론홍보대학원 강사(2개년)

1998년　3월 대한산악연맹 부회장

1999년　2월 사단법인 정보환경연구원 이사장(6개년)

성재 이동휘선생기념사업회 창립이사

9월 문화연대 공동대표

2000년　6월 '새천년 새희망 세계 7대륙 최고봉 원정대'의 단장
　　　　　으로 아프리카 대륙 최고봉 킬리만자로에 등정(길만스
포인트 5681m)

2001년　2월 한글날 국경일 제정 범국민추진위원회 부위원장

5월 국립순천대학교에 〈범우 윤형두 문고〉 개설

10월 국립중앙도서관 귀중자료 지정 심의위원

12월 중국 상해 대한민국 임시정부 청사에 〈범우사문고〉 개설

2002년 5월 국립순천대학교 명예 출판학 박사 학위 취득

2003년 7월 서울 정동로타리클럽 제12기 회장

11월 1일 범우출판장학회를 재단법인 '범우출판문화재단'으로 확대개편

2004년 5월 월간《에세이플러스》발행인

2005년 7월 '6·15 공동선언 실천을 위한 민족작가대회'에 참석차 평양 방문

10월 베를린 자유대학과 범우출판문화재단 공동 주최의 〈한·독 출판통일정책 세미나〉 주관

2006년 3월 (재)한국출판문화진흥재단 이사장 선임

2009년 2월 (재)범우출판문화재단 이사장으로 선임

3월 9일 국제펜클럽 한국본부 자문위원

한국출판인회의 자문위원

2011년 2월 22일 제47대 대한출판문화협회 회장에 당선

5월 국립순천대학교에 기증해온 도서들의 목록 ②~④권 합본으로 발간(10년간 총 기증도서 20,504책)

2012년 8월 베이징 국제도서전 주빈국 조직위원회 위원장

11월《한 출판인의 자화상》이 문화체육관광부 우수교

양도서로 선정

2013년  4월 10일 수필가로서의 역량과 출판계에 기여한 업적
을 인정받아 영국 IBC로부터 '명예문학박사(Honorary
Doctorate of Letters)' 학위를 수여

5월 사단법인 국제펜클럽 한국본부 고문으로 추대

국립한글박물관 개관준비위원회 위원으로 위촉

6월 서울국제도서전 조직위원회 위원장(출판협회 회장)
자격으로 개막식 행사 주관, 박근혜 대통령 참석

7월 일본 도쿄국제도서전에 주제국조직위원회 위원장
으로 참석 주제국 행사 주관, 한국관에서 아키히토 일
왕 차남 아키시노 노미야 왕자 부부의 축하를 받음

2014년  2월 출판문화협회 3년의 임기를 마치고 퇴임

2015년  3월 국립순천대학교에 국보급 유물인 초조대장경과
재조대장경 인쇄본 기증

7월 범우출판문화재단 이사장으로 중국 연변대에서
개최한 해외세미나 〈남북한 출판교류를 위한 과제와
전망〉 주관

## ■ 수상 및 표창·감사패

1972년　7월 국제앰네스티 한국위원회 감사패(이사장 김재준)

1981년　2월 제21회 한국출판문화상 수상(범우에세이문고)

1982년　10월 문화공보부장관 표창(출판공로)

　　　　12월 법무부장관 표창(교도소 도서실 설치운동)

1988년　10월 대통령 표창(유공 출판인)

1989년　2월 제12회 한국출판학회 저술상 수상

　　　　5월 한국고서동우회 애서가상 수상

1991년　3월 현대수필문학상 수상

　　　　12월 제33회 한국출판문화상 수상

1992년　10월 제41회 서울시 문화상 수상(출판 부문)

1994년　2월 제34회 한국출판문화상 수상

　　　　4월 제8회 동국문학상 수상

1995년　2월 제35회 한국출판문화상 수상

　　　　5월 국민훈장 석류장 수훈(청소년 지도)

　　　　8월 한국서점조합연합회 모범출판사 표창 받음

1996년　5월 동국대 개교 90주년 '자랑스런 90인' 선정

1997년　6월 순농·순천대학교 총동창회 '장한동문상' 수상

　　　　9월 공저《눈으로 보는 책의 역사》인쇄문화상 수상

1999년   1월 세계인명사전인《마르퀴스 후즈후 인 더 월드(Mar-
quis Who's Who in the World)》(1999년판)에 출판인이자 교육가
로서 현대사회의 개선에 기여한 인물로 등재되어 인
증패 수여

10월 여수시민의 날 '자랑스런 여수인'으로 선정

2000년   10월 간행물윤리대상 수상(간행물윤리위원회)

12월 인권신장과 민주화, 민족화해협력에 협조한 데
대한 김대중 대통령의 감사장

2001년   2월 제41회 백상출판문화상(서화가 인명사전) 수상

4월 배런스 후즈후사(Barons Who's Who)가 펴낸 세계적인
인명사전인《500 Great Asians》(2001년판)에 21세기의 훌
륭한 지도자 및 위대한 아시아 500인으로 등재되어 인
증서를 받음

10월 20일 문화의 날 보관문화훈장 수훈

펜클럽(PEN) 국제회원 등록

2002년   9월 한·중 문화교류에 이바지한 공로로 〈제1회 편집
출판학 국제교류상〉 수상(중국편집학회)

2003년   4월 비블리오테크 월드 와이드(BWW)사에서 펴내는 세
계인명사전《Profiles in Excellence》(2003년판)에 출판 경영
과 한국 출판학 분야에서 괄목할 만한 업적을 이룬 인

물로 등재

2004년 6월 인도 뉴델리 리파시멘토 인터내셔널사가 발행하는 아시아 위인들의 인명사전 《Reference Asia : Asia's Who's Who》(2004년판 제1권)에 한국 출판계에서 큰 업적을 이룬 인물로 등재

2008년 5월 15일 국립순천대학교에서 '자랑스러운 순천대인상'을 수상

2009년 미국 〈명예의 전당(Hall of Fame)〉 메달을 수여받음

6월 국제인명센터(IBC)로부터 〈21세기를 대표하는 2,000명의 지식인〉 선정

2010년 1월 제50회 한국일보 출판문화상 백상특별상 수상

2012년 2월 출판 분야의 훌륭한 업적과 오랫동안 두드러진 활동과 공로로 세계 3대 인명사전 중 하나인 ABI사 〈21세기 비저너리 어워드〉 상패와 〈세계 명예의 전당(World hall of Fame)〉 명패 수령

6월 국제인명센터(IBC)가 주최하는 〈국제 예술·과학·정보통신 회의〉에서 평생공로상을 수상

2013년 2월 국제인명센터(IBC)로부터 〈뛰어난 지식인 2000(2000 Outstanding Intellectuals of the 21st Century)〉에 선정되어 인명사전에 등재

10월 제31회 한국과학기술단체총연합회 특별상 수상

국제인명센터(IBC)주최 〈국제 예술, 과학, 정보통신회의(The World of Congress of Arts, Sciences and Communications)〉에서 출판경영 및 출판학에 기여한 공로로 '국제 공로훈장(International Order of Merit)' 수상

2014년   3월 국립순천대학교에 금속활자본 66권 기증 "평소 발전기금 기탁과 도서기증으로 대학발전에 기여한 공로"로 감사패 수여(총장 송영무)

6월 출판 및 출판경영에서의 성취를 높게 평가받아 〈제1회 아시아-태평양 스티비 어워드(Asia-Pacific Stevie Awards)〉 두 개 부문 금상 수상

10월 2일 제11회 순천문학상 수상(순천문학동우회 주최 순천문학상운영위원회 주관)

2015년   1월 세계인명사전인 《마르퀴스 후즈후 인 더 월드(Marquis Who's Who in the World)》(2015년판)에 출판 및 교육 분야에서의 업적을 인정받아 아홉 번째로 등재(1999, 2008, 2009, 2010, 2011, 2012, 2013, 2014, 2015)

## ■ 작품 연보

1979년   12월 수필집 《사노라면 잊을 날이》

1983년   10월 수필집 《넓고 넓은 바닷가에》

1988년   1월 《일본출판물유통》

1989년   2월 《출판물유통론》

1990년   9월 수필집 《책의 길 나의 길》

1993년   8월 수필집 미니북 《책》

1994년   10월 《출판물 판매기술》

1995년   7월 수필집 《아버지의 山 어머니의 바다》

    8월 수필집 《在遼闊的海邊》《넓고 넓은 바닷가에》 중국어판)

    (東方出版社)

    12월 수필집 《잠보 잠보 안녕》

1997년   9월 공저 《눈으로 보는 책의 역사》

    12월 수필집 《책이 좋아 책하고 사네》

2002년   4월 《한국 출판의 허와 실》

    8월 수필집 《연처럼》(선우미디어)

    12월 공저 《출판사전》

2003년   1월 수필집 《산사랑, 책사랑, 나라사랑》

    8월 《옛 책의 한글판본》

2004년  4월《한 출판인의 중국 나들이》

2005년  8월《한 출판인의 일본 나들이》

2006년  1월 수필집《지나온 세월 속의 편린들》

5월 수필집《一位 韓國出版家的 中國之旅─尹炯斗日

記》《한 출판인의 중국 나들이》의 중국어판) (北京 人民出版社)

10월《ある出版人の日本紀行》《한 출판인의 일본 나들이》일

본어판) (出版ニュース社)

2007년  9월《옛 책의 한글판본 II》

2008년  7월《한국 출판미디어의 제문제》

2009년  10월《5사상 29방》(좋은수필사)

2010년  1월 수필집《한 출판인의 여정일기》

2011년  9월 자전적 수필집《한 출판인의 자화상》제1판

2012년  8월《一個出版人的自畵像》《한 출판인의 자화상》중국어판) (中

國 人民大學出版社)

수필집《Yearning for the Ocean》《넓고 넓은 바닷가에》영문판)

(우주평화출판사)

범우 수필선

바다가 보이는 창

초판 1쇄 발행  2016년 9월 10일

지은이    윤형두
펴낸이    윤형두
펴낸곳    종합출판 범우(주)
편  집    김영석 김혜원

등록번호  제406-2004-000012호 (2004년 1월 6일)
          10881  경기도 파주시 광인사길 9-13 (문발동)
대표전화  031) 955-6900,  팩스  031) 955-6905
홈페이지  www.bumwoosa.co.kr
이메일    bumwoosa@chol.com

ⓒ 윤형두, 2016. Printed in Korea

ISBN  978-89-6365-149-1  03810

* 잘못된 책은 바꿔드립니다.
* 이 도서의 국립중앙도서관 출판예정도서목록(CIP)은 서지정보유통지원
시스템 홈페이지(http://seoji.nl.go.kr)와 국가자료공동목록시스템(http://
www.nl.go.kr/kolisnet)에서 이용하실 수 있습니다.
(CIP 제어번호 : CIP2016020685)